Le prisonnier du désert

MAISEY YATES

Le prisonnier du désert

Traduction française de
ERWAN LARHER

AZUR

HARLEQUIN

Collection : Azur

Titre original :
A VIRGIN FOR THE DESERT KING

HARPERCOLLINS FRANCE
83-85, boulevard Vincent-Auriol, 75646 PARIS CEDEX 13
Service Clients — www.harlequin.fr
ISBN 978-2-2804-9941-5 — ISSN 0993-4448

Édité par HarperCollins France.
Composition et mise en pages Nord Compo.
Imprimé en février 2024 par CPI Black Print (Barcelone)
en utilisant 100% d'électricité renouvelable.
Dépôt légal : mars 2024.

FSC
www.fsc.org
MIXTE
Papier issu de sources responsables
FSC® C159065

Pour limiter l'empreinte environnementale de ses livres, HarperCollins France s'engage à n'utiliser que du papier fabriqué à partir de bois provenant de forêts gérées durablement et de manière responsable.

1

La première fois que Riyaz vit la lumière du soleil en quinze ans, une apparition y resplendissait. Ses cheveux roux semblaient enflammés par la chaleur dorée, et sa peau rayonnait. Ses lèvres étaient comme des cerises, son corps comme sorti d'un rêve torride. Il n'avait pas vu de femme depuis aussi longtemps qu'il n'avait pas vu le soleil.

— Voici Brianna Whitman.

Riyaz se tourna vers son frère, Cairo, qui fit un geste vers la jeune femme. La façon dont celui-ci lui toucha le bras, comme s'ils étaient proches, fit grogner le monstre en lui. Enfin, pas seulement en lui, apparemment, car Cairo et Brianna eurent un mouvement de recul.

Pensées, mots, sentiments, sons : tout cela se confondait pour quelqu'un qui avait passé la moitié de sa vie enfermé dans un cachot...

Une semaine auparavant, Cairo et ses hommes avaient pris d'assaut le palais royal de Nazul et libéré Riyaz. Ils avaient chassé du trône de leur père l'usurpateur qui s'y était installé, et exterminé son armée de mercenaires. Le cheikh Riyaz al-Hadid allait pouvoir régner.

Il avait donc fallu sept jours à Riyaz pour remonter des souterrains. La liberté était pour lui un concept étrange et malléable : son esprit était resté libre durant son emprisonnement, il avait dû assimiler que son corps l'était aussi. Et la perspective des grands espaces, du ciel et de l'horizon, de la lumière crue, des bruits, l'avait effrayé. Il était resté là où il pouvait contrôler ce qu'il voyait, entendait et ressentait.

Cairo était venu le voir, tous les jours. Accompagné de médecins, de psychologues. Et maintenant, cette femme, que Cairo avait refusé de faire descendre dans le cachot et lui avait demandé d'accueillir dans la salle du trône.

C'était une chose étrange que de recevoir des ordres. Quand il était enfermé, on ne lui disait pas ce qu'il devait faire. Sa cellule était devenue son monde, et il était libre d'y agir comme il l'entendait. On lui apportait de la nourriture. Un garde avait même eu pitié de lui et lui avait transmis régulièrement des livres. Ils ne s'étaient jamais parlé, n'avaient pas appris à se connaître, mais il n'y avait pas d'animosité non plus. Il avait le temps de lire chaque nouveau livre au moins trois fois avant que l'homme ne l'échange pour un nouveau.

Il s'était créé un petit espace dédié à l'entraînement physique afin de maintenir son corps en forme, durant sa captivité. Et pourtant, il lui était souvent arrivé de se demander pourquoi il entretenait ainsi en état de marche ses muscles et son cerveau. Il n'avait aucun avenir à préparer, rien que les quatre murs de son cachot, et il ignorait si son frère avait survécu à l'attaque du palais.

Lorsque Cairo était revenu et l'avait libéré, il avait demandé à celui-ci de faire preuve de clémence à l'égard du garde qui lui avait apporté les livres.

Le temps avait une nouvelle signification désormais, parsemé de tâches à accomplir. Comme lors des seize premières années de sa vie. À l'époque, ses journées d'héritier du trône étaient étroitement planifiées. On attendait beaucoup de lui. Il avait appris d'autres langues, d'autres cultures. Pouvoir lire dans sa cellule lui avait permis d'entretenir ses connaissances linguistiques : il lisait en arabe, en anglais et en français. Cela l'avait également empêché de perdre la tête – du moins, de perdre *complètement* la tête.

Et maintenant, il était là, au soleil, admirant la plus belle femme qu'il ait jamais vue.

Prisonnier, il avait dû apprendre à contrôler ses appétits. Tous ses appétits. La nourriture qu'on lui servait était de médiocre qualité, peu variée et dispensée en quantité tout juste suffisante pour qu'il puisse tenir le coup. Il avait appris à s'en contenter, même si certains jours il avait désespérément envie d'un cheeseburger – pourtant pas un plat traditionnel de Nazul...

Concernant ses appétits sexuels, la diète avait été bien plus violente. Il n'était qu'un adolescent de seize ans lorsqu'il avait été enfermé, et ses hormones étaient alors en ébullition, même s'il n'avait pas encore couché avec une femme. Il était promis à une jeune Américaine, Ariel Hart, mais il s'était toujours imaginé qu'il aurait des maîtresses avant ce mariage. Il avait pensé à elle le jour même de sa libération par Cairo, car c'était son père, Dominic Hart, qui avait trahi leur famille et permis le coup d'État.

La première chose qu'il avait dite à son frère était qu'il voulait Ariel Hart. Elle remplirait le contrat que son traître de père avait rompu dans le sang. Elle restaurerait ce qui avait été détruit. C'était ce qu'il avait décidé pendant ces nuits où il avait repensé à la façon dont son monde s'était effondré.

Mais il ne la désirait pas et ne l'avait jamais désirée. Son désir prenait soudain la forme parfaite de la femme qui se trouvait devant lui.

Dans sa cellule, il lui était arrivé de réussir à juguler sa libido durant des mois et des mois d'affilée. Et certaines nuits, il se réveillait avec une érection si dure qu'elle en était douloureuse. Physiquement et psychologiquement. Car il n'avait pas choisi cette vie monacale, cette chasteté. Quand il parvenait à rester stoïque face aux privations, il était fier de lui. D'autres fois, cela le mettait dans un état de fureur absolue.

Cette rousse somptueuse debout dans la lumière avait instantanément éveillé en lui un désir pur et lancinant. Il aurait voulu faire sortir tout le monde de la pièce et la prendre dans ses bras.

Toutefois, il était très conscient de sa propre force. Du fait qu'il n'avait aucune finesse. Du fait qu'il n'était rien d'autre en cet instant que fureur et désir. Et que son frère avait la main posée sur l'épaule de cette femme.

Sans doute Cairo avait-il fait l'amour avec cette femme, lui qui était resté libre pendant toutes ces années.

Riyaz était le cheikh. Il avait été élevé pour être tout-puissant. Il avait été éduqué pour commander. Il était de retour au pouvoir, et pourtant Cairo était celui qui possédait les armes pour gouverner.

C'était une étrange réalité, mais sa réalité avait été étrange dès le début.

— Brianna, dit-il, goûtant chaque syllabe de son prénom.

C'était du soleil. Citron et framboise. Il n'avait rencontré personne des années durant, et en une semaine il avait croisé plein de gens. Et Brianna Whitman sortait vraiment du lot.

— Je suis ravie de vous rencontrer, cheikh, dit-elle. Cairo m'a parlé de vos... de vos expériences.

Elle était douce et prenait visiblement garde à ne pas le blesser. Comme s'il pouvait être blessé, après ce qu'il avait vécu...

— Ne prenez pas de pincettes avec moi, répondit Riyaz. Je déteste cela. Je ne suis pas débile. Et je ne suis pas fragile.

La jeune femme le regardait avec quelque chose comme de la pitié, et cela le remplissait d'une rage noire.

— Qu'êtes-vous venue faire ici ? reprit-il d'un ton hargneux. Me *réparer* ?

— Je suis ici pour vous aider. Avec les bonnes manières, l'étiquette, et... Ce que je fais est compliqué, poursuivit-elle après une pause. Mais je ne suis pas thérapeute. J'ai moi-même vécu quelques expériences de... mise à l'écart du monde, disons ; et d'apprentissage de l'intégration. J'ai découvert que de nombreuses personnes avaient besoin d'aide dans ce domaine. Ce n'est pas aussi inhabituel qu'on pourrait le croire. Alors j'aide les gens. À changer leur comportement. À vivre une relation. À monter sur un trône. Même si jamais aucun de mes patients n'a passé quinze ans dans un cachot. Je dois avouer que c'est une première.

— Comment s'appelle votre métier ?

— Il n'a pas vraiment de nom. Quand les gens ont besoin de moi, ils me trouvent.

Soudain, Riyaz voulut tout savoir d'elle.

— Quel âge avez-vous ?

— J'ai... J'ai vingt-cinq ans.

— Où habitez-vous ?

— À New York.

— Dans un appartement ?

— Non. Dans une maison de ville.

— Comment avez-vous pu vous l'offrir ?

Il n'ignorait pas que New York était une ville chère. Il n'y avait aucune raison de penser que les choses avaient changé en quinze ans.

— Je l'ai achetée à Cairo.

Riyaz dévisagea son frère.

— Et qu'est-elle pour toi ?

— La personne qui va t'aider, répondit Cairo. Tu n'as pas besoin d'en savoir plus.

— Oh ! que si ! Je veux tout savoir.

Son frère était resté imperturbable. À côté de lui, l'Américaine tâchait de faire bonne figure, mais Riyaz devinait qu'elle n'était pas aussi à l'aise qu'elle voulait le laisser paraître.

— J'ai des choses à faire, dit Cairo. En mon absence, Brianna va s'occuper de toi.

— Tu vas chercher Ariel Hart ?

— Bientôt. Mais je ne suis pas tout à fait prêt.

— Elle paiera pour ce que son père a fait.

— Penses-tu vraiment que cela soit… productif ? demanda Cairo.

En dépit des années passées sans aucun contact avec ses semblables et sans interactions sociales, Riyaz décelait que le sujet n'était pas neutre pour son frère.

— Je ne me soucie pas de ce qui est productif. Je ne suis même pas certain de ce que cela signifie. Quand on vit dans un cachot sans voir la lumière du jour, on se moque d'être productif. On se contente de survivre, sans réelle notion du temps qui passe et de l'alternance entre le jour et la nuit.

— Certes. Mais ici, il y a du soleil, des gens et des horaires. C'est là que Brianna entre en jeu. Et nous n'avons pas beaucoup de temps. Tu dois monter sur le trône. Nous devons faire savoir au peuple qu'il est libéré. J'aimerais te donner du temps pour te réadapter au monde, mais nous n'en avons pas. Alors, même si tu dois n'être qu'un symbole, nous avons besoin que tu sois un symbole éclatant.

Il était étrange de constater à quel point son frère et lui étaient sur des rythmes différents. Cairo portait des costumes coûteux, ses cheveux étaient coupés court, ses mouvements étaient rapides et précis. Riyaz, lui, observait. Il ne voyait pas l'intérêt de gaspiller son énergie. Quinze ans durant, il avait appris à économiser le peu qu'on lui octroyait. Et à s'économiser. Manifestement, Cairo n'abordait pas la vie avec la même philosophie : il était l'excès incarné.

Brianna était-elle l'un de ses excès ? Cette pensée le fit grogner de nouveau.

— Quoi ? demanda Cairo en fronçant les sourcils.

— J'ai eu une pensée qui ne m'a pas plu.

— Il va falloir que tu cesses de grogner comme ça !

— Pourquoi ?

— Ce n'est pas digne d'un cheikh.

— Alors, propose-moi quelque chose qui soit digne d'un cheikh ! Quel est ton plan ?

— J'aimerais te présenter à notre peuple d'ici un mois. Il a aussi été retenu captif, même si ce n'est pas aussi littéralement que toi. Mais tant que nous ne pouvons pas te montrer au public, je ne veux pas révéler que nous avons libéré Nazul. Nous devons agir avec prudence. Nous ne devons jamais laisser quiconque penser que nous sommes faibles. Pas après ce que nous avons déjà enduré.

— Je pourrais me battre si nous étions attaqués.

— Je sais. Mais je préférerais ne pas avoir à me battre. Je serai de retour la semaine prochaine. Ensuite, je me rendrai en Europe pour mettre la main sur Ariel Hart, comme tu me l'as demandé.

— Parfait.

— Je suis votre serviteur, Altesse, dit Cairo d'un ton grave en effectuant une petite révérence.

Puis il se retira, le laissant seul avec Brianna Whitman.

— Mon frère est-il votre amant ? lança Riyaz à brûle-pourpoint.

La jeune femme rougit immédiatement.

— Je... Excusez-moi ? bredouilla-t-elle.

— Il vous touche comme le ferait un homme qui connaît votre corps.

— Cairo n’est pas... Il ne connaît pas mon corps.

À la façon dont elle prononçait son prénom, et en constatant que ses joues se coloraient encore plus, Riyaz devina que cela n’aurait pas été pour lui déplaire. Il réussit à se retenir de grogner.

— Mais vous préféreriez que ce soit le cas.

— Nous sommes amis. Nous n’avons pas ce genre de relation.

— Avez-vous un amant ?

Elle pinça les lèvres.

— Il n’est pas question de moi dans cette histoire, mais de vous. Si nous allions déjeuner ?

— Je ne peux pas manger votre nourriture. Pas tous les jours. C’est trop. Plusieurs fois par jour, tous les jours, des changements de textures, de saveurs. En plus de tous les autres changements. Comment peut-on ne serait-ce que réfléchir dans toute cette profusion ? conclut-il en englobant l’opulente salle du trône d’un geste de la main.

— Y a-t-il quelque chose que je puisse demander à la cuisine de vous préparer ?

— Du porridge. Et du pain. Grillé.

Le jour où il avait été libéré, il avait dévoré un cheeseburger. Après cela, il avait voulu revenir à ce qu’il connaissait.

— Vous aurez ce que vous désirez.

— Et après ?

— Après, nous entamerons votre formation.

2

Brianna tentait de remettre de l'ordre dans ses pensées tandis qu'elle attendait que Riyaz la rejoigne dans la salle à manger. Rien ne l'avait préparée à cette première rencontre. Elle était venue parce que Cairo le lui avait demandé, et qu'elle ferait tout ce que son ami lui demanderait. Détail troublant : Riyaz semblait l'avoir compris tout de suite. D'instinct.

Il avait osé lui demander si Cairo était son amant... Elle avait répondu la vérité, sans ajouter qu'elle avait passé des années à fantasmer sur lui ; pendant qu'il couchait avec tout le monde sauf elle. Son innocence préservée était d'ailleurs directement liée aux sentiments qu'elle éprouvait pour Cairo.

Il l'avait sauvée. Des griffes de son père, parrain d'un syndicat du crime, quand elle avait quinze ans. Celui-ci avait décidé de la vendre à un parrain rival afin de s'en faire un allié et l'avait enfermée. Cairo fréquentait ce genre de milieux mafieux dans le cadre de sa stratégie de reconquête de Nazul, lui avait-il expliqué après l'avoir libérée. Un soir, il avait été invité à une fête donnée chez lui par son père. Il avait surpris ce dernier en train d'évoquer devant ses principaux lieutenants la transaction qu'il projetait de conclure. Il était alors parti à sa recherche dans la vaste demeure.

Elle se souvenait encore de la première fois qu'elle l'avait vu, grand et beau, un physique d'ange déchu, même s'il ne lui avait pas semblé beaucoup plus âgé qu'elle.

— Votre père a l'intention de vous vendre.

— Je sais.

Cette perspective l'effrayait, et des semaines durant elle avait réfléchi à une manière de s'enfuir, de ne pas perdre sa liberté.

— Venez avec moi.

Brianna n'ignorait pas qu'elle courrait un risque en obéissant. Qu'elle pouvait tomber de Charybde en Scylla. Mais elle avait grandi dans un monde où elle ne pouvait jamais faire confiance aux adultes qui l'entouraient. Elle avait donc décidé de suivre le bel inconnu charismatique.

Et elle avait eu raison.

Cairo l'avait aidée à se créer une nouvelle identité, une nouvelle vie, lui avait payé des études, l'avait inscrite dans un pensionnat... et, inévitablement, elle était tombée amoureuse de lui.

Pourtant, il n'était pas vraiment son genre d'homme. Il vivait dangereusement, voyageait sans cesse à travers le monde et avait sûrement une femme dans chaque port. De son côté, elle aspirait à une vie plus simple. Normale. Dans la maison de ville new-yorkaise qu'il lui avait achetée, et qu'elle adorait parce qu'elle lui rappelait les sitcoms familiales de son enfance.

Or Cairo n'était pas du style à rentrer tous les soirs pour se poser sur un canapé confortable, à arroser les plantes vertes ou à choisir la couleur du papier peint de la chambre.

Brianna l'avait donc aimé tout en sachant qu'ils ne seraient jamais ensemble. Que cet amour n'était pas raisonnable, même s'il occupait son cœur depuis longtemps.

Cairo était avant tout son ami. Il l'avait également, plus ou moins consciemment, aidée à trouver sa voie. Car elle avait si bien réussi à se détacher de son douloureux passé pour mordre à pleines dents dans sa nouvelle existence qu'il lui avait demandé d'aider des personnes dans la même situation, des réfugiés qu'il avait aidés à quitter Nazul. Il avait semblé normal et naturel à Brianna de commencer à soutenir les autres à son tour.

Ce qu'elle n'avait pas prévu lorsqu'elle avait entrepris de faire partager son expérience, puis de la mettre à profit et d'en faire son métier, c'était Riyaz.

Lorsqu'il était entré dans la salle du trône, son cœur avait fait un bond.

Il était... terrifiant. Grand, costaud, très musclé, il avait un regard perçant, et ses cheveux noirs lui tombaient sur les épaules. Son nez était droit, et sa barbe bien taillée permettait de deviner une mâchoire carrée et des traits anguleux.

Il ressemblait à Cairo par certains aspects, mais sans la sophistication ni l'élégance vestimentaire. Au contraire, il se dégageait de lui quelque chose de sauvage. On aurait dit un guerrier d'un autre temps. Brianna l'imaginait très bien avec une épée dans une main et dans l'autre la tête tranchée d'un ennemi.

Ton travail est de l'aider, pas de perdre tes moyens en le voyant, se répéta-t-elle tandis qu'il pénétrait dans la pièce d'un pas lourd.

Riyaz tira une chaise et s'assit pesamment en bout de table. Il était penché en avant, les jambes écartées, les avant-bras posés sur la table – à l'opposé de toute règle de savoir-vivre. Brianna n'avait jamais vu quelqu'un d'aussi fruste et entier. Il se contentait d'être là et ne se souciait guère de savoir si le monde autour tournait ou non.

— C'est étrange, de manger à table, dit-il.

— C'est pratique. Sans table, cela devient compliqué.

— Mais pas impossible.

— Nous visons un peu mieux que l'impossible.

Elle avait décidé de manger la même chose que lui, ce qu'elle regretta lorsque arrivèrent les bols de porridge. Une petite assiette de fruits secs et une autre de sucre furent également apportées. Riyaz les ignora. Il saisit un triangle de pain grillé et le trempa dans la triste bouillie d'avoine. Brianna posa quelques dattes séchées sur la sienne.

— Vous m'avez dit avoir vécu des expériences similaires aux miennes : racontez-moi.

— Vivre en société requiert de respecter certains accords tacites, répondit-elle. L'un d'entre eux stipule que nous ne posons pas de questions trop personnelles à des inconnus. Encore moins dans certains environnements : si nous participions à un dîner d'État, vous ne pourriez pas poser de questions à quelqu'un sur ses traumatismes d'enfance ou ses névroses. Et personne ne vous poserait de questions sur le temps que vous avez passé enfermé.

— Pourquoi pas ? C'est la seule chose qui me soit arrivée au cours des quinze dernières années. C'est donc la seule chose que j'aie à commenter.

— C'est vrai. Mais... beaucoup de gens ne souhaitent pas évoquer ce qui les fait souffrir.

— Vous savez ce qui me fait souffrir ? Les souvenirs de la mort de mes parents. C'est particulièrement douloureux. Perdre de vue mon frère dans la salle du trône, me demander s'il n'a pas été abattu lui aussi alors que je suis emporté par dix hommes. Oui, ils ont dû s'y mettre à dix pour me maîtriser, alors que je n'avais que quinze ans. J'ai été furieux pendant un certain temps. Mais on finit par apprendre qu'il ne sert à rien de se mettre en colère, même contre l'injustice ; qu'il faut attendre son heure. C'est ce que j'ai fait. J'ai veillé à ce que mon corps et mon esprit ne meurent pas. Je ne peux pas affirmer être le même homme que celui qui est entré dans ce cachot. Mais je ne me suis pas complètement perdu non plus.

— Je vois.

Il pencha la tête sur le côté. Il y avait de l'amusement dans son regard. Brianna se dit qu'il aurait pu sourire s'il avait été un autre type d'homme.

— Vous êtes curieuse, à présent. Et vous voulez poser des questions. Mais comme vous venez de me reprocher de le faire, vous ne direz rien.

— Bien vu. Comment avez-vous fait pour garder en vie votre corps et votre esprit ?

— De l'exercice et de la lecture. J'ai lu des centaines de livres. Des milliers. Un garde me les apportait. Vous savez ce que j'aime dans les livres ? On voit les pensées des personnages. Tout est clair. Quand je vous regarde, je ne peux pas lire dans votre esprit. Alors je vous demande à quoi vous pensez. Je voudrais vous lire comme si vous étiez un livre. Je voudrais voir les paragraphes invisibles derrière les mots que vous prononcez. Car je pense qu'il y en a beaucoup.

— Peut-être quelques-uns, concéda Brianna avec un demi-sourire. Quels étaient vos livres préférés ?

— Cela dépend. J'aimais lire pour m'informer, parce que je ne pouvais pas sortir et voir les choses par moi-même. Sinon, des polars, des romans d'espionnage. J'aimais bien quand il y avait de l'action.

— De la romance ?

Son visage prit une expression étrange.

— J'ai parfois trouvé cela... difficile.

Brianna s'en voulut aussitôt d'avoir posé cette question. Évidemment qu'il avait été pénible à un jeune homme dans la force de l'âge de lire des ouvrages qui traitaient d'amour, de sentiments, de rencontres, de sexe peut-être ! Déjà pour elle, c'était parfois douloureux. Car dans ces livres l'homme qui avait sauvé l'héroïne lorsqu'elle était enfant finissait par la considérer comme une femme ; le mentor devenait pygmalion.

— C'est très bien, que vous aimiez lire. Cela vous donnera beaucoup de sujets de conversation.

Pendant un instant, elle regretta presque d'avoir à travailler avec Riyaz al-Hadid. Elle appréciait l'homme qu'il était, franc, différent. Elle n'aimait pas quand son travail consistait à standardiser quelqu'un, à le faire rentrer dans un moule. C'était parfois uniquement ce que voulaient ses commanditaires. Cairo lui avait fait comprendre l'importance de la situation. Sa gravité.

Elle avait compris.

Elle allait faire ce qu'on lui demandait.

— Et si nous commencions par discuter des bonnes manières à table ? proposa Brianna.

— Je les connais.

— Plutôt que d'essayer de vous souvenir, repartons sur de nouvelles bases. C'est souvent plus simple, en cas de passé douloureux.

Riyaz la regarda d'un air sceptique.

— D'accord, consentit-il après un long silence.

Elle se leva et se plaça à côté de la chaise de son élève.

— Mettez-vous debout, puis vous essaierez de vous asseoir à nouveau.

— Pourquoi ?

— Parce que, la première fois, c'était un peu choquant.

Il obéit. Aussitôt, Brianna se sentit minuscule à côté de lui. Elle ne lui arrivait qu'à l'épaule, et il était si imposant ! Il aurait pu la broyer d'une seule main s'il l'avait voulu. Heureusement, il ne semblait pas instable – du moins l'espérait-elle...

Elle fit un pas vers lui. Riyaz fit alors une sorte de mouvement étrange de recul qui lui fit penser à un cheval. Un grand étalon qu'il fallait approcher avec précaution. Cela lui donna envie de tendre lentement la main et de lui faire sentir son odeur. Peut-être de lui offrir un morceau de sucre.

Ce n'est pas un animal. C'est un homme.

Et pourtant, elle voyait clairement les deux cohabiter en lui et se demandait à quel point c'était vrai pour tous les humains ; et à quel point ils avaient appris à étouffer leur part la plus sauvage, la plus primaire.

— Reculez votre chaise lentement, et essayez de ne pas faire de bruit avec.

— Pourquoi faut-il toujours s'imposer le silence ?

— Vous avez l'habitude d'être seul. Dans ce palais, par exemple, il y a toujours beaucoup de monde. Alors si nous faisions tous les bruits que nous voulions, cela pourrait vite devenir invivable.

— Je suis le cheikh. Je peux faire autant de bruit que je veux, non ?

— D'accord, un point pour vous. Cependant, pourquoi ne pas apprendre, et ensuite... ?

— Vous savez qui vous me rappelez ? la coupa-t-il sans façon en faisant un pas vers elle. Mon institutrice quand j'étais à la maternelle. Je ne suis plus à la maternelle. Je ne suis plus un gamin. Vous n'avez pas besoin de me parler comme si vous m'appreniez l'alphabet.

Il était si près d'elle que Brianna pouvait sentir son odeur, un mélange de savon et d'un fumet plus viril, épicé – celui de sa peau. Ses mains tremblaient, son cœur palpitait, et elle ne parvenait pas à faire cesser ces incontrôlables emballements.

— Vous êtes belle.

Il avait dit cela sur le même ton neutre que la tirade précédente. Ce n'était pas doux, ce n'était pas un compliment, cela sonnait comme une simple observation, factuelle. D'une certaine manière, cela la rendait presque plus flatteuse. Parce qu'il ne mentait pas. Et il ne disait pas les choses pour obtenir une réponse.

— Merci, dit-elle platement.

Elle ne se souvenait plus de la dernière fois où quelqu'un l'avait qualifiée de « belle ». Était-ce déjà arrivé, d'ailleurs ?

— Savez-vous combien d'années j'ai passées sans rien voir de beau ? Pas une fleur. Pas le soleil. Pas le désert. Pas une femme. Juste des murs de pierre grise, des barreaux en fer, des hommes en uniforme. La même nourriture. Le même espace. Tout est différent, ici.

— C'est vrai. Bien. Asseyez-vous, mais en douceur.

Cette fois, ses lèvres s'incurvèrent en ce qui pouvait passer pour un sourire.

— Je ne sais pas si j'ai la capacité de faire quoi que ce soit « en douceur ». Mais peut-être avec plus de soin.

Il s'assit. C'était beaucoup mieux que la première fois.

— Vous pouvez rapprocher votre chaise de la table, de manière à faire face à vos interlocuteurs.

— Pourquoi avez-vous commandé le même repas que moi ? demanda Riyaz avant de prendre une bouchée de porridge.

— Cela m'a semblé poli.

— Pourquoi ?

— Parce que j'ai l'impression que le porridge n'est pas un vrai choix, mais une sorte de... refuge. Pour accompagner la transition. Et j'ai pensé que cela vous donnerait l'impression que je m'en rends compte.

— Vous vous inquiétez trop pour les autres. Ce que vous mangez n'a aucune importance pour moi.

— Je le saurai pour la prochaine fois.

— Prendrons-nous tous nos repas ensemble ?

— Pendant un certain temps, oui.

— Et quelles autres leçons y aura-t-il ?

— Il n'y a pas vraiment de plan. Je veux vous faciliter la vie. Donc, si quelque chose vous semble difficile ou incompréhensible, dites-le-moi.

Il se mit à rire. Cela parut le surprendre autant qu'elle, mais il ne s'arrêta pas pour autant.

— Vous souhaitez que je vous dise quand je suis mal à l'aise ? demanda-t-il enfin.

— Pourquoi est-ce drôle ?

— Tout ce qui m'entoure me met mal à l'aise. J'étais à l'aise dans mon cachot, Brianna.

Il se tut soudain, et l'expression de son visage changea.

— J'aime prononcer votre prénom. Brianna. Je ne l'avais jamais prononcé avant.

— Vous êtes le premier Riyaz que je rencontre. Je suppose donc que c'est quelque chose que nous avons en commun.

De nouveau, il changea brusquement de sujet de conversation, comme s'il lui était impossible de filtrer ses pensées :

— Le but n'est pas de me mettre à l'aise, mais de redresser le royaume.

— La mission est en effet de vous ramener sur le trône, pour le bien de Nazul. Or, pour y parvenir, je dois vous aider à vous sentir plus à l'aise à l'extérieur de votre prison.

— Je vais me marier.

De nouveau, il l'avait désarçonnée en passant du coq à l'âne.

— C'est vrai, dit-elle. Cette femme vous connaît-elle ?

— Elle m'a été promise quand nous étions enfants. Mon frère sait où elle se trouve. Elle honorera l'accord scellé par son père.

Brianna lutta contre la pensée désagréable qu'elle allait bientôt être abandonnée. Cairo allait revenir ici et aider son frère. Il n'allait pas continuer sa vie de play-boy milliardaire en Europe ou aux États-Unis. Il n'allait pas continuer à faire partie de la sienne, comme c'était le cas depuis qu'elle avait quinze ans. Elle n'avait pas de place, ici.

Un douloureux sentiment de solitude l'envahit. Pourtant, elle réussit à sourire à Riyaz.

— Eh bien, je vous préparerai aussi à votre mariage.

3

Riyaz se réveilla quand le froid du béton devint trop envahissant pour qu'il puisse l'ignorer. Les douleurs de son corps étaient pour lui l'équivalent du lever de soleil. C'était la façon dont il accueillait le jour. Elles lui rappelaient qu'il était vivant.

Il fit glisser le bout de ses doigts sur les bâtonnets gravés dans la pierre du mur, un par journée, pour garder le contrôle. Lorsqu'il avait été jeté dans ce cachot, il avait eu le choix : se laisser ronger par la captivité ou transformer la prison en un royaume qu'il dirigeait.

Il avait opté pour cette dernière solution. Entre les murs de sa prison, il avait été le maître. Pouvoir la quitter quand il le voulait désormais était encore une surprise.

Il commença à monter les marches de l'escalier, se préparant d'instinct à l'intensité de la lumière et des bruits.

Or, ce à quoi il n'était pas préparé, c'était la silhouette de Brianna découpée de trois quarts dos en contrejour dans l'embrasure de la porte, en haut de l'escalier. Elle portait une robe crème qui lui tombait juste au-dessus du genou. Riyaz fut immédiatement fasciné par ses chevilles fines et ses mollets graciles, sans parler de la façon dont la robe épousait son postérieur, une tentation comme il n'en avait jamais ressenti.

Elle se retourna vers lui, et le monde s'illumina.

— Oh ! s'exclama-t-elle. Où étiez-vous ?

— Je dormais.

— Ah ? La femme de chambre m'a dit que vous n'étiez pas dans la vôtre.

— J'y étais, répliqua-t-il en faisant un geste vers le bas de l'escalier.

— Mais ce n'est pas...

Elle s'interrompit, comme si elle prenait la mesure de ce que Riyaz venait de lui avouer. Il haussa les épaules.

— Je préfère dormir dans un endroit familier.

Le visage de Brianna reflétait la pitié.

— Ne me regardez pas comme ça ! Je ne suis pas un petit animal qu'il faut sauver. En fait, j'ai déjà été sauvé.

Pendant de nombreuses années, il avait rêvé de se sauver lui-même, de devenir assez fort pour se dresser seul contre les gardes. Or, même à supposer qu'il réussisse, il ignorait ce qu'il trouverait en haut des marches, mais savait que ce ne serait pas simple. Il avait donc continué à travailler son physique, mais pour son propre bénéfice et non plus dans l'optique d'une évasion. C'était une des leçons de sa captivité : il ne devait pas faire dépendre sa volonté de survivre de ce qui pourrait arriver. Il avait appris à prendre les choses au jour le jour. Et c'était ainsi qu'il se comportait désormais, même s'il sentait que les gens autour de lui étaient impatients.

— Je n'ai pas pitié de vous, affirma-t-elle.

Il voyait bien qu'elle mentait.

— Ah non ?

— Non. Je suis un peu inquiète, c'est tout. Pourquoi vous punir ?

— Imaginez que vous soyez du jour au lendemain obligée de vivre dans le désert. C'est très différent d'une maison à New York, non ? Dans le désert, tout est plus lumineux et plus chaud que ce à quoi vous êtes habituée, rien ne vous protège des éléments. Vous auriez besoin de vous en protéger, tout comme moi j'ai besoin de me protéger de ce qui m'est étranger dans votre monde. Ce qui vous semble normal, confortable, ne l'est pas pour moi.

— C'est vrai. Je suis désolée. Vous évoquez un besoin profond de... sécurité. Mais nous, ce sur quoi nous travaillons, ce sont les apparences.

— Donc vous n'avez pas à vous soucier de ce que je fais quand personne ne peut me voir, rétorqua-t-il.

— Vous avez peut-être raison... Pourtant, je ne peux pas me résoudre à vous voir dormir sur la paillasse d'un cachot alors que vous avez un lit douillet à l'étage.

Soudain, son sang se transforma en lave brûlante, embrasant ses sens d'une concupiscence inattendue. Oui, un lit semblait attirant, si Brianna Whitman y était allongée. Il se demanda à quoi ressemblait son corps nu. Ses références en matière de nudité féminine étaient les œuvres d'art classiques, et elle lui rappelait un peu certaines peintures de la Renaissance avec ses cheveux roux, sa peau pâle et les courbes qu'il pouvait deviner sous le tissu.

Le regarderait-elle avec envie ou avec pitié s'il la touchait ? Si c'était de la pitié, il ne le supporterait pas.

— Quelle est la leçon du jour ? demanda-t-il.

— J'ai pensé que nous pourrions passer un peu de temps à la bibliothèque après le petit déjeuner. Elle regorge d'ouvrages rares et précieux.

Riyaz tiqua. Il s'était toujours demandé si le gardien qui lui avait apporté des livres les prenait dans la bibliothèque du palais. Il avait eu peur que la vaste collection de son père ait été détruite. Les livres étaient tellement devenus ses meilleurs amis que l'hypothèse d'une telle destruction lui était insupportable. Raison pour laquelle, même après sa libération, il n'avait pas posé de questions à ce sujet, de peur d'apprendre que l'irréparable avait été commis.

— Elle… elle existe encore ? demanda-t-il, la boule au ventre.

— Oui, bien sûr ! C'est un endroit merveilleux. J'y ai puisé quelques livres.

— J'aime votre plan.

— Plus tard, nous regarderons peut-être un film.

Riyaz n'avait pas vu de film depuis son adolescence.

— Cela me ferait plaisir.

— Super ! Nous pourrons choisir un film qui a été réalisé pendant que vous étiez…

Elle s'interrompit, l'air affolé, et se mit la main devant la bouche.

— Oh ! Je suis désolée. C'est déplacé de ma part.

— Vous êtes tous beaucoup plus bouleversés que moi par ce que je pourrais ressentir.

— Je ne veux pas donner l'impression de prendre à la légère ce que vous avez vécu.

— Je ne peux pas effacer ces années. Elles ont fait de moi ce que je suis, pour le meilleur et pour le pire. Je ne suis ni en colère ni blessé.

— Comment est-ce possible ?

— Parce que j'ai appris à n'exister que dans mon présent. Pas dans le passé ou le futur, ni dans le présent de quelqu'un d'autre. Et les livres m'ont beaucoup aidé.

— Que diriez-vous de poursuivre cette discussion à la table du petit déjeuner ? proposa Brianna.

— Excellente idée !

Le contenu des bols posés sur la table ressemblait au porridge auquel Riyaz était habitué, mais il y avait des fruits dessus. Et du sucre. Et il ne vit pas l'habituel pain grillé à côté, mais une autre sorte de pain.

— J'espère que cela ne vous dérange pas, mais j'ai demandé

au chef de remplacer votre porridge ce matin, annonça Brianna. J'ai pensé que nous pourrions commencer par quelque chose de légèrement différent.

— Qu'est-ce que c'est ?

— Des flocons d'avoine. C'est presque comme du porridge, avec une consistance un peu différente, plus des fruits et de la cassonade.

— Je ne suis pas sûr d'aimer.

— Ce n'est pas grave. Parce que vous n'êtes pas prisonnier. Vous êtes le cheikh, vous n'êtes pas obligé de manger ce que l'on vous sert.

Elle était visiblement dans l'expectative, le regard plein d'espoir. Il s'assit comme elle le lui avait demandé la veille, et il vit une petite lueur de plaisir passer dans ses yeux. Il se dit qu'il souhaitait la voir ainsi contentée le plus souvent possible. Il prit une bouchée de flocons d'avoine. Ce n'était en effet pas très différent de son porridge, même si les textures et les saveurs étaient plus délicates, plus subtiles.

— Et si nous terminions dans la bibliothèque, proposa-t-il.

Il avait soudain envie de se retrouver dans cette pièce où il n'était pas allé depuis sa libération. Brianna acquiesça d'un hochement de tête et ils quittèrent la salle à manger.

C'était très étrange d'emprunter ces couloirs. Il n'était pas encore sorti du palais, mais il était allé dans la salle du trône, dans la chambre qui lui avait été attribuée, dans les différentes salles d'apparat et les salons de réception ; mais en se dirigeant vers la bibliothèque, il lui semblait marcher entre deux lignes temporelles : le présent et son enfance – une époque où il n'appréciait pas les livres.

Il jeta un coup d'œil à Brianna. Cela ramena à la surface des souvenirs d'histoires d'amour qu'il avait lues. Il priait pour que le gardien ne lui en apporte pas. Elles le faisaient souffrir. Lui faisaient ressentir le manque, de compagnie, mais aussi de sexe lorsqu'il y avait des descriptions explicites d'actes physiques. Le seul bénéfice de ces lectures était qu'il avait appris en détail comment un homme pouvait combler sa partenaire, et une femme satisfaire son amant. Mais ne pas pouvoir l'expérimenter l'avait souvent rendu fou de désir et de frustration.

Se trouver près de Brianna réactivait ce désir, le vivifiait. Pour la première fois de sa vie, il se tenait près d'une femme dont il aurait voulu les mains sur son corps. Et c'était un besoin qui dépassait tout ce qu'il avait connu auparavant.

Elle poussa les portes de la bibliothèque, ce qui interrompit le cours de ses pensées. L'endroit n'avait pas changé, immense, avec des livres du sol au plafond. Des échelles disposées tout autour de la pièce sur des rails fixés aux étagères permettaient d'explorer les rayonnages les plus hauts.

Riyaz n'avait jamais compris pourquoi son père pouvait passer des heures ici. Désormais, il savait l'importance des livres.

— Je ne peux pas croire qu'ils ne l'aient pas détruite. C'est le genre de chose qu'ils auraient pu faire par pure méchanceté gratuite.

— Je ne sais pas grand-chose des gens qui occupaient le palais avant que votre frère ne les en chasse, mais j'ai l'impression que c'était une période sombre.

— Même si je n'étais pas loin d'eux, moi non plus je n'en sais pas grand-chose. Je n'ai jamais vraiment compris pourquoi l'usurpateur me gardait. Peut-être que m'enchaîner comme un chien était encore plus gratifiant que de me tuer, que cela confortait symboliquement son pouvoir. Ou alors j'étais un trophée. Je ne saurai sans doute jamais, car je crois que Cairo a fait exécuter tout le monde. Sauf le garde qui m'apportait les livres, que je lui ai demandé d'épargner.

— Oh ! s'exclama Brianna, soudain livide.

— Un coup d'État ne se déroule jamais sans effusion de sang, vous savez...

La tension monta dans sa poitrine tandis qu'il luttait contre les images des derniers instants qu'il avait passés dans la salle du trône avant d'être emmené au cachot. Il les chassa. Il ne voulait plus revivre ces moments. Il ne voulait plus imaginer les derniers soupirs de sa mère. S'il avait passé ses années de prisonnier concentré sur le présent, c'était aussi parce que c'était plus supportable. Certains endroits du palais étaient remplis de fantômes, et il n'était pas habitué à leur compagnie.

Il se dirigea vers une étagère et en sortit un livre.

— *Les Quatre Filles du docteur March*. Je l'ai lu.

— C'est l'un de mes romans préférés, déclara Brianna.

— Oui, c'est un bon roman.

Il passa la main sur la couverture. C'était l'un des premiers que le garde lui avait apportés. Il se dirigea vers un autre endroit de l'étagère.

— *Le Robinson suisse*. Je l'ai lu également. *Orgueil et Préjugés* aussi.

Il s'arrêta devant un autre titre et en toucha la reliure. Il s'agissait d'un roman extrêmement explicite décrivant une relation sexuelle tortueuse entre une jeune femme et un milliardaire. Il était surpris de le voir ici.

— Je ne pense pas que mon père aurait gardé celui-ci dans sa bibliothèque.

— Je crois que le monde entier l'a lu.

— Vous aussi ?

Elle rit et secoua la tête.

— Non, je n'étais pas intéressée. Un garde vous l'a vraiment apporté ?

— Oui. C'était très instructif.

Elle rit de plus belle.

— En voici un que je n'ai pas lu, dit-il.

Il sortit un exemplaire abîmé d'un livre dont la couverture représentait un homme armé. Un roman policier, sans doute, songea-t-il. Il constata qu'il y avait plusieurs tomes qui constituaient une saga, alors il les mit de côté – parce qu'il lisait très vite et que, désormais, il avait le choix. Pour la première fois, l'excès de possibilités lui semblait positif.

À côté de lui, Brianna commença à grimper sur l'échelle. Il l'observa, dans l'espoir d'apercevoir davantage ses jambes pendant qu'elle montait.

Soudain, les portes de la bibliothèque s'ouvrirent avec un grand bruit. Brianna sursauta, son pied glissa et elle tomba. Riyaz réagit aussitôt et la rattrapa dans ses bras. Elle le fixait, les yeux écarquillés de terreur. Ce fut comme si on actionnait un interrupteur en lui.

Tout à coup, il ne voyait plus le visage terrifié de Brianna, mais celui de sa mère.

Riyaz posa Brianna au sol et, faisant barrage de son corps, s'approcha de la menace, bien décidé à l'anéantir. Son cœur battait la chamade. Un homme se tenait dans l'embrasure de la porte. Riyaz grogna et se mit en position d'attaque.

— Cheikh Riyaz, bredouilla l'homme.

Il avait levé les mains en signe de reddition, l'air effrayé, mais cela n'émut pas Riyaz.

— Comment oses-tu ?!

— Votre Altesse…

Riyaz entendit un autre bruit et se retourna. Rien. Lorsqu'il pivota, l'homme qui… l'homme… le lâche qui avait… il avait fait quelque chose… quelque chose de mal… des gens mouraient… c'était le chaos… la fin de tout. À cause de cet homme. Qui avait disparu. Mais il y en avait d'autres. Ils étaient nombreux.

Enragé, il saisit un meuble et le jeta sur le côté. Puis il

empoigna une chaise et l'écrasa contre le mur. Leurs ennemis n'auraient plus aucun endroit où se cacher lorsqu'il aurait terminé.

Il ne voyait pas clair. Sa vision était déformée par la fureur. Il retourna un fauteuil. Il n'y avait personne derrière. Personne non plus sous la lourde table en bois massif qu'il renversa.

— Riyaz, fit dans son dos une voix tremblante de femme.

Il se tourna vers elle, la prit à nouveau dans ses bras et la protégea.

— Riyaz, dit-elle lentement, d'un ton calme et apaisant. C'est moi. Brianna. Je vais bien. J'ai été surprise. Mais c'était un accident.

Il grogna.

— Non, reprit-elle. Ce n'est pas grave. Tout va bien. Nous sommes dans la bibliothèque. Vous êtes en sécurité. Et moi aussi.

Elle posa les mains à plat sur son torse, et Riyaz eut l'impression d'être dans un film, quand l'héroïne tente de refaire partir le cœur du héros avec un défibrillateur.

C'était Brianna. Il pouvait voir son visage, ses yeux écarquillés par la peur malgré la douceur de ses gestes et de sa voix.

Elle avait peur de lui.

— J'ai cru... J'ai vu..., bredouilla-t-il.

— Je sais. Je suis désolée. J'ai été surprise et je suis tombée.

Il lui toucha le visage et constata que sa peau était aussi douce qu'il l'avait imaginé.

— Vous allez bien ?

— Oui.

Il s'éloigna d'elle, conscient du désir qui grandissait en lui et du fait qu'il avait passagèrement perdu la tête. Cela ne s'était jamais produit auparavant. Enfin, si, mais seulement dans des moments particuliers, entre sommeil et éveil. Des terreurs nocturnes qui le voyaient lancer contre les murs de sa cellule tout ce qui lui passait à portée de main. Il devenait alors dangereux pour lui-même.

Ce qui venait de lui arriver était différent. Il avait perdu pied, perdu contact avec la réalité, mais pendant la journée. Ce qui signifiait que personne ne serait jamais en sécurité à ses côtés. Il ne faisait donc plus aucun doute qu'il devait accepter l'aide de Brianna, sous peine de risquer de terroriser les habitants du palais. Et dans le même temps, il devrait la protéger de lui.

— Où est l'homme ? demanda-t-il.

— Il est parti. Ne vous inquiétez pas pour lui. Ne vous inquiétez pas, nous...

— J'aurais pu vous faire du mal, la coupa-t-il.

— Mais vous ne m'en avez pas fait.

— Non.

Mais la possibilité demeurait, et Riyaz se demandait comment elle pouvait être si optimiste. Puis il comprit : il n'était qu'un des nombreux monstres qu'elle avait aidés à changer. Il n'y avait donc rien qui puisse la surprendre. Peut-être avaient-ils tous à un moment ou à un autre comme lui perdu la tête, connu des moments de folie. Peut-être avait-elle été serrée dans les bras de chacun d'eux.

Il grogna.

— Je dois me racheter, déclara-t-il.

— Vous n'avez pas besoin de vous racheter.

— Je vais retourner au cachot pour quelque temps.

— Vous n'avez pas besoin de faire cela...

Mais sa décision était prise. Riyaz sortit de la bibliothèque. Ce ne fut qu'une fois dans sa cellule qu'il se rendit compte qu'il avait oublié d'apporter les livres qu'il avait choisis.

4

Un désastre. Il n'y avait pas d'autre mot.

Brianna tremblait encore. L'accès de rage de Riyaz avait été impressionnant. Effrayant. Faire comme si elle n'avait pas eu peur avait été extrêmement difficile, mais il avait eu l'air tellement bouleversé par son propre coup de folie qu'elle s'était attachée à ne pas en rajouter.

Elle prit une grande inspiration et regarda autour d'elle dans la bibliothèque détruite pour évaluer les dégâts. En posant la paume de sa main sur sa poitrine, elle sentit les battements affolés de son cœur.

Elle repensa aussitôt à ce qu'elle avait ressenti lorsqu'elle avait posé les doigts sur son torse viril, si musclé qu'il aurait sans doute pu démembrer à mains nues le pauvre homme qui avait fait irruption dans la bibliothèque. Il avait en tout cas eu l'air d'en avoir l'intention.

Puis il l'avait tenue contre son corps chaud et dur... Il n'avait pas eu l'intention de lui faire du mal, de cela elle ne doutait pas. Il avait cherché à la protéger. L'avait-il prise pour quelqu'un d'autre ? Une chose était sûre : il était traumatisé.

Elle avait grandi dans une maison où défilaient les amis criminels de son père. Elle avait été protégée de toute violence, jusqu'à ce que l'homme auquel son père voulait la céder lui annonce en termes très clairs ce qu'il avait l'intention de lui faire...

Elle avait très vite compris, principalement grâce aux livres, qu'elle ne vivait pas dans une famille normale ; et que la façon dont son père s'occupait d'elle n'avait rien à voir avec l'amour.

Et puis, comme dans un conte de fées, Cairo l'avait sauvée.

Depuis, tout ce qu'elle voulait, c'était se construire une vie normale. Au lieu de cela, elle avait passé les dix années écoulées à aimer un homme qui ne l'avait jamais considérée comme une potentielle amante.

Elle s'était très vite fait une raison et avait décidé qu'elle ne ferait jamais le premier pas. Elle avait gardé secrets ses fantasmes, s'était concentrée sur leur *amitié*.

Elle sursauta : son téléphone vibrait dans sa poche. Et sans regarder l'écran elle savait que c'était Cairo.

— Oui ? dit-elle après avoir décroché.

— Je voudrais un rapport sur l'état d'avancement de notre projet, lança Cairo de but en blanc.

— Ton frère dort dans son cachot et vient de détruire la bibliothèque.

— Ah bon ? Ce n'est pas tolérable.

— Je suis désolée, Cairo. Mais il ne va pas s'en sortir du jour au lendemain. Il est profondément traumatisé.

— Le psychiatre a pourtant dit que rien ne clochait chez lui.

— Compte tenu de ce qu'il a vécu, il va remarquablement bien. Mais de là à dire qu'il n'est pas affecté... Bien sûr qu'il l'est ! Il est très prudent avec lui-même. Très intelligent. Il connaît ses limites. J'en ai vu une aujourd'hui. Il s'est passé quelque chose qui a déclenché la foudre. Je pense que c'était probablement un flash-back. Son instinct lui a dit que j'étais en danger, et il...

Elle s'interrompit et secoua la tête en soupirant.

— Quoi ? demanda Cairo d'un ton impatient.

— Je n'aurais pas été surprise s'il m'avait soulevée comme King Kong et avait grimpé avec moi au sommet de l'échelle de la bibliothèque. Il était prêt à tuer ce qu'il considérait comme une menace pour moi.

— As-tu été en danger ?

La voix de Cairo était tranchante.

— Non. Je n'ai pas besoin que tu me sauves, si c'est ça qui t'inquiète. Je ne pense pas qu'il soit dangereux. J'ai juste besoin de temps. Cette femme que tu as l'intention de ramener : je pense que c'est trop tôt.

— Je suis presque arrivé à son appartement.

— Gagne du temps. Un rien pourrait le perturber. Attendez au moins qu'il soit capable de manger autre chose que des flocons d'avoine !

— Si tu le dis...

— Je l'affirme.

— Alors, d'accord.

Elle repensa soudain au jour où Cairo l'avait appelée pour lui demander la faveur de l'aider à resociabiliser son frère. Elle avait éprouvé une impatience mêlée d'excitation à la perspective de le revoir. Or sa voix au téléphone ne lui faisait plus le même effet, aujourd'hui.

Probablement parce que tu dois te remettre de la poussée d'adrénaline.

— Je dois te laisser, Cairo. Je vais aller le trouver. Le distraire pour qu'il ne rumine pas ses idées noires.

— Ce n'est peut-être pas prudent, si ?

— Fais-moi confiance.

Brianna décida d'aller chercher des gâteaux dans les cuisines du palais avant de rejoindre Riyaz. Elle trouva deux sortes de cupcakes – aux épices et fromage frais, et au chocolat avec un glaçage chocolat.

Elle descendit l'escalier glissant, se demandant si Riyaz accepterait ses petites offrandes. Mais elle dut vite se rendre à l'évidence : il n'était pas dans son ancienne cellule. Elle entreprit alors de le chercher dans tout le palais. Elle le découvrit finalement dans la salle du trône, debout au fond de la pièce.

— Je ne m'attendais pas à vous trouver ici, déclara-t-elle en le rejoignant.

— Vous ne savez pas tout, Brianna. J'espère que vous avez un peu gagné en humilité.

— Non, malheureusement pas, répliqua-t-elle d'un ton badin, mais sa remarque ne le dérida pas. Mais cela ne doit pas nous empêcher de discuter.

— Pourquoi discuter ?

— Parce que c'est mon travail de vous parler, Riyaz. De plus, vous êtes la seule personne du palais que je connaisse vraiment, ajouta-t-elle d'un ton léger.

Une fois encore, sa volonté de détendre l'atmosphère échoua. Riyaz demeurait impassible et sérieux comme un pape. Elle leva le plateau qu'elle tenait dans ses mains.

— Je vous ai apporté des gâteaux.

— Je ne sais pas si j'en ai envie.

— Je pense que vous devriez essayer. Un peu de nouveauté ne peut que vous faire du bien. En plus, ça pourrait vraiment vous plaire. Pourquoi avez-vous tellement peur d'aimer les choses ?

— Je n'ai peur de rien !

— Bien sûr que non. Vous êtes un guerrier. Un roi puissant.

— Je n'avais pas peur, dans la bibliothèque. Je pensais qu'il fallait que je me batte, et j'étais prêt. Je suis toujours prêt à me battre.

— Je vous crois. Je n'ai pas dit que vous aviez peur.

C'était un demi-mensonge, car Brianna persistait à penser qu'il avait peut-être encore peur de vivre hors de son cachot. Que s'il avait peur de quelque chose, c'était de la liberté.

Elle désigna le majestueux trône.

— Je ne comprends pas bien le concept de salle du trône. Que faisait votre père ici ?

— Il recevait les dignitaires. Il écoutait les doléances de son peuple. Il décidait de nouvelles lois. Il présidait des cérémonies. Mais il aimait passer du temps dans la bibliothèque. Il était différent des rois qui l'avaient précédé. Plus moderne. Parfois, je me demande si ce n'est pas pour cela qu'il a été tué.

— En quoi était-il moderne ?

— Il défendait les droits des femmes, par exemple. Il nous a enseigné, à Cairo et à moi-même, que les femmes étaient les égales des hommes. Il leur a accordé nombre de libertés.

— Et pourtant, alors que vous n'étiez qu'un adolescent, il a conclu un marché avec un homme pour que vous épousiez sa fille.

— Oui. Il y avait encore des mariages politiques. Le mariage de mes parents était aussi un mariage arrangé. Mais ils en sont venus à s'apprécier, puis à s'aimer sincèrement, je crois. Quand mon père m'a choisi une épouse, je pense qu'il considérait cela comme de la diplomatie, sans considérer ma fiancée comme un objet.

— Tant mieux !

— Mon père était un homme bon.

— Pas le mien. Et ma prison était très différente de la vôtre. En fait, je ne me rendais pas vraiment compte que c'en était une. Je vivais dans une belle maison. Un domaine avec plein de beaux endroits pour jouer, des jardins. Je ne trouvais pas étrange que nous ne recevions pas d'enfants. Que je n'aille pas à l'école, mais que j'aie un tuteur à la maison.

— Vous avez dit que mon frère vous avait sauvée, qu'il vous avait envoyée à l'école.

— Oui. Il m'a inscrite dans un pensionnat. Ce qui était une expérience complètement différente. J'ai dû apprendre...

— Cela a-t-il été difficile ?

— Oui et non. J'y ai été immergée, jetée dans le grand bain de la vie en société. J'étais heureuse à bien des égards, mais intimidée à d'autres. Je ne savais pas comment interagir avec les adolescents de mon âge. J'ai appris à m'y retrouver, non sans tâtonner ou commettre des erreurs. Je suis devenue très populaire.

— Pourquoi, d'après vous ?

— Parce que je suis charmante ? plaisanta Brianna.

Il se dégagea du mur et commença à marcher vers elle. On aurait dit une panthère en cage.

— Répondez-moi sérieusement. Beaucoup de gens aimeraient être populaires. Ils y consacrent du temps et de l'énergie, et pourtant ils n'arrivent pas à s'intégrer. Vous, vous l'avez fait.

— Je suppose que c'est parce que lorsque vous vivez dans une maison avec un homme qui a mauvais caractère, comprendre d'instinct les situations et les interactions peut devenir une question de survie.

L'expression de Riyaz devint féroce.

— Votre père vous a fait du mal ?

— De temps en temps, je recevais une gifle. Ou il me hurlait dessus. J'ai appris très vite à décrypter ses humeurs, à anticiper ses réactions, ses attentes. J'ai développé une certaine forme d'intuition. Je crois que cela m'a servi en pension. Et, à partir de là, j'ai appris à aider les autres. Des gens comme vous et moi.

— Combien y a-t-il de personnes comme vous et moi ?

— Plus qu'on ne le pense. Des gens qui ont été abusés dans le cercle familial. Qui ont été sous l'emprise d'une secte ou d'un conjoint pendant des années. Il y a de nombreuses raisons pour lesquelles une personne peut se retrouver perdue dans le monde. Vous n'êtes pas seul.

— Je m'en moquerais, si c'était le cas.

Elle se contenta de lever les yeux au ciel.

— Prenez un cupcake, Riyaz.

Il la regarda d'un air défiant.

— Riyaz, pourquoi êtes-vous sceptique à la perspective d'un petit plaisir ?

— À ma place, ne le seriez-vous pas ?

— Peut-être, concéda-t-elle, le cœur serré.

Il fit un pas vers elle et se retrouva dans un rayon de lumière. Il était beau, avec ses pommettes hautes et ses joues un peu creusées, couvertes d'une barbe sombre. Il était surtout extraordinairement musclé.

— Nous avons parlé de vos livres, reprit-elle. Parlez-moi de votre corps.

Il leva un sourcil interrogatif. Brianna avait déjà rougi, consciente de la manière dont pouvait être interprétée sa phrase.

— Je veux dire, parlez-moi de la façon dont vous travaillez pour rester aussi... de la manière dont vous avez développé..., bafouilla-t-elle, s'enfonçant un peu plus à chaque mot.

À sa grande surprise, Riyaz sourit, puis émit une sorte de gloussement qui pouvait passer pour un rire.

— Vous aimez mon corps ?

— Il faudrait être aveugle pour ne pas voir que vous êtes dans une forme olympique.

La température corporelle de Brianna avait atteint des sommets. Elle avait rarement été aussi mal à l'aise.

— J'ai beaucoup travaillé, avec ce que j'avais à ma disposition dans la cellule ; à savoir pas grand-chose, un banc principalement. Je ne voulais pas que mon corps ou mon esprit se retrouvent diminués. J'étais privé de tout, je n'avais aucun contrôle sur rien, sauf sur ça.

— C'est admirable.

— Des gâteaux et des compliments ?

— J'espère que vous en prendrez au moins un, répliqua-t-elle du tac au tac.

— J'y réfléchirai.

— Cupcake aux épices ou au chocolat ?

Brianna nota qu'une lueur d'intérêt s'allumait dans ses prunelles sombres.

— Je n'ai pas mangé de chocolat depuis quinze ans.

— Riyaz, vous devez manger du chocolat. Il le faut absolument !

Elle prit un cupcake sur le plateau et le lui tendit. Il s'en saisit et mangea la moitié en une bouchée. Le grognement qu'il poussa procura à Brianna plus de satisfaction qu'elle ne l'aurait cru.

— Vous n'êtes pas censé faire ça, vous vous souvenez ?

— Cela ne vous dérange pas, dit-il.

— Non, confirma-t-elle doucement. J'aime bien ça. Mais ne le dites à personne, parce que je suis censée vous civiliser, et vous devez apprendre à ne pas grogner dans les lieux publics.

Il termina le gâteau et jeta un œil en direction du plateau.

— Prenez-en un autre. Ils sont pour vous.

Riyaz ne se fit pas prier.

— Peut-être que vous devriez envisager de dormir dans votre lit, aussi, reprit-elle d'une voix douce.

Ce qui lui valut un autre grognement.

— Je ne pense pas pouvoir le faire.

— Pourquoi ?

— Comment saurais-je quand me réveiller ?

— Quel est le rapport avec votre lit ?

— Je sais que je dois me réveiller quand j'ai trop froid. Quand mon corps me fait trop mal. C'est l'indicateur.

— Vous pouvez simplement mettre un réveil à sonner, vous savez. C'est plus confortable.

— Je n'en suis pas certain.

— C'est toute la beauté de la liberté, Riyaz. La porte de votre chambre sera déverrouillée. Si vous décidez de ne plus y dormir, vous pourrez toujours descendre dans la cellule. Parce que vous n'êtes plus prisonnier, désormais.

Il regarda autour de lui, et ses yeux se posèrent sur le trône.

— Je suis prêt à m'asseoir ici, en tout cas. Je n'ai pas peur de ceux qui pourraient s'opposer à moi.

— Pensez-vous que des gens le feront ?

— C'est toujours une possibilité. Mais que pourrait-on me faire subir que je n'aie pas déjà subi ? La mort ? Elle ne me fait pas peur. J'ai fait la paix avec la mort après le premier coup d'État.

Brianna hocha gravement la tête. Et décida d'aiguiller la conversation sur un autre sujet :

— Racontez-moi comment c'était quand Cairo et vous étiez enfants. Avant les événements.

Riyaz dévisagea longuement cette belle femme qui lui offrait des gâteaux alors qu'il l'avait traitée de façon épouvantable. Il avait voulu la protéger, mais il voyait bien qu'il l'avait effrayée.

Il ne parvenait pas à déterminer si elle voulait vraiment l'entendre évoquer son enfance, ou si c'était un simple exercice. Mais il se rendit compte qu'il avait envie de lui parler dans les deux cas. Car il ne s'en était ouvert à personne, pas même à Cairo. Et quand il était enfermé, il avait fait de son mieux pour ne pas se souvenir du bonheur dans lequel avait baigné son enfance ; sinon, il serait devenu fou.

Maintenant qu'il avait un avenir au-delà des murs de sa prison, il pouvait se permettre d'avoir à nouveau un passé. Avec elle.

— Nous avons eu une belle enfance. Cinq jours par semaine, nous avions des cours pendant la majeure partie de la journée. Notre père était strict. Il ne voulait pas que nous grandissions en étant privilégiés ou gâtés. Il nous répétait que beaucoup de rois tombaient parce qu'ils s'aimaient plus qu'ils n'aimaient leur peuple, que beaucoup de gouvernants devenaient corrompus en privilégiant leurs propres intérêts. Il ne voulait pas que nous devenions ce genre de princes. Il nous a donc enseigné à nous mettre au service des autres. À prôner la philanthropie. À ne pas nous prendre trop au sérieux. C'était un bon père.

— Et votre mère ?

Il essaya d'imaginer sa mère *avant,* mais il ne voyait que son visage suppliant, n'entendait que sa voix qui criait à l'aide tandis que les assaillants la faisaient passer de vie à trépas.

— Je l'aimais.

Il ne put se résoudre à en dire plus. Brianna sembla comprendre : elle n'insista pas.

— Quel genre de frère était Cairo ? Je le connais seulement comme... ami.

— Un ami dont vous êtes amoureuse.

— Il ne s'est jamais rien passé entre nous. Et il ne se passera jamais rien.

— Vous en êtes sûre ? N'êtes-vous pas ici parce que vous gardez espoir ?

Elle commença à sembler mal à l'aise.

— Non. Je... J'ai décidé que cette mission serait la dernière chose que je ferais pour lui. Parce que je ne peux pas l'aimer. Pas comme ça. Pas pour de vrai. Je... je veux autre chose.

— Quoi ?

— Il n'est pas question de moi, mais de vous, Riyaz.

— Et de Cairo. Admettez que vous êtes curieuse d'en savoir plus sur lui.

— C'est vrai, je le suis. Mais, après tout ça, je ne serai plus aussi proche de lui. Surtout s'il prend la tête de votre armée. C'est important pour lui. Très. Il se préoccupe beaucoup de votre santé, de votre bonheur...

— Il s'entendait beaucoup mieux avec ma promise que moi, expliqua Riyaz. Nous avions l'habitude de nous disputer à ce sujet. Mon frère était mon meilleur ami jusqu'à l'été, jusqu'à l'arrivée d'Ariel Hart au palais. Elle avait peur de moi. Elle a deux ans de moins que moi. Le même âge que Cairo. Ils se sont tout de suite entendus, et il m'abandonnait une grande partie de la journée pour passer du temps avec elle. Je me suis toujours demandé...

Il s'était toujours demandé si Cairo était amoureux d'elle. Mais ils n'étaient que des enfants, et Riyaz n'avait jamais remis en question une décision de son père. Celui-ci avait décrété qu'il devait épouser Ariel Hart, alors il s'y était préparé.

Son père était infaillible.

Il serra les dents. Quel coup dur cela avait été de découvrir que son père pouvait se tromper, faire confiance à la mauvaise personne ! Comme cela avait été difficile de s'en rendre compte dans les derniers instants de la vie de son héros. Il était resté l'idole de Riyaz, mais il avait tragiquement compris que son père était humain. Tellement humain qu'il avait succombé sous les coups des assaillants.

Il essaya de chasser les images de la salle du trône maculée de sang qui lui venaient à l'esprit. Il ne pouvait pas se permettre de sombrer de nouveau dans la folie. Pas avec Brianna.

— Cairo a toujours eu une forte personnalité. Brillant, mais toujours dans les ennuis.

— Pas vous ?

— Non. J'étais l'héritier. Je ne pouvais pas me permettre de créer des problèmes. Et puis je voulais être comme mon père. Il était mon modèle.

Il lorgna le plateau de petits gâteaux. Il en aurait volontiers avalé un autre au chocolat. Même si ce qu'il voulait vraiment, ce qu'il voulait de tout son être, c'était elle. Il poussa un grognement intérieur et saisit un cupcake.

— Vous devriez en prendre un aussi, déclara-t-il.

Elle ne bougea pas. Il posa donc son cupcake, en choisit un pour elle et le lui tendit. Elle s'avança lentement et le surprit, en penchant la tête pour en picorer une bouchée dans sa main. Ce mouvement innocent l'électrisa jusqu'au bas-ventre. Un élan sauvage le poussait à la prendre dans ses bras, à la faire basculer au sol. Il aurait voulu la...

Une étincelle dans ses beaux yeux le ramena à la raison. Riyaz se souvint de ce qu'elle avait dit à propos de sa sensibilité aux changements d'humeur, qui avait été nécessaire à sa survie. Ressentait-elle la modification qui s'était opérée en lui ? La profondeur de son désir ? Son excitation ?

Ou peut-être que cette étincelle n'était que le reflet de son excitation à elle...

— C'est délicieux, murmura Brianna.

— Oui. Et maintenant, il faut finir.

— Pas de votre main.

— Si. Prenez le reste, ordonna-t-il.

La façon dont elle lui obéit ne fit que tendre son désir un peu plus. Elle lécha le glaçage sur le dessus, et il fut captivé par le mouvement de sa petite langue rose. Cette femme était si belle !

Il lui était facile d'oublier Ariel, dont il n'avait jamais voulu, qu'il n'avait jamais aimée. C'était tant mieux, car s'ils avaient eu des sentiments l'un pour l'autre, comment auraient-ils tous deux composé avec l'homme qu'il était devenu, imperméable à ce genre d'émotions ?

S'il n'avait pas traversé ces terribles épreuves, il aurait pu en venir à aimer Ariel tout comme ses parents avaient fini par s'aimer. Mais cette partie de lui était morte lorsque la lumière s'était éteinte dans les yeux de sa mère.

Ce moment précis puis sa captivité l'avaient insensibilisé. Sa capacité à aimer, à se soucier des autres, à ressentir les sentiments avec intensité avait disparu. Cela lui avait permis de survivre. Et Ariel, comment avait-elle traversé ces quinze années ?

Maintenant qu'il avait cette idée en tête, il souhaitait en parler :

— Le père d'Ariel a trahi le mien. Il était censé s'allier avec nous grâce à mon mariage avec Ariel, mais il a été payé par des hommes qui voulaient s'emparer du royaume. Et qui ont tué ma famille. Il nous a tout simplement vendus. Certains diront qu'elle devrait être punie pour la trahison de son père, ajouta-t-il après une pause.

— Et vous ?

— Je ne sais pas. Je n'ai pas encore décidé ce que je ferai quand elle arrivera.

La colère lui brûlait les poumons. Il se demanda si Ariel avait su ce que son père manigançait. Mais elle n'avait que quinze ans. Il était peut-être stupide de lui reprocher quoi que ce soit. Et pourtant, il avait du mal à ne pas l'accabler.

— Eh bien… Je pense que vous ne devriez pas envisager les choses sous l'angle de la vengeance. Votre père était un roi moderne. J'imagine qu'il ne tenait pas ce genre de comptabilité sanglante.

— « Comptabilité sanglante » ? répéta-t-il, l'air surpris.

— Oui, je viens d'inventer l'expression, répliqua Brianna

sur le ton de l'humour. Je trouve qu'elle sonne médiévale et intimidante.

— C'est certain !

— Concentrez-vous sur vous-même. Je n'essaie pas de vous transformer en un dirigeant qui ne vous ressemble pas, mais de vous faire découvrir celui que vous auriez été sans tout ça. Celui que vous souhaitez être.

— Merci.

— Dormez dans votre lit ce soir, Riyaz.

Il acquiesça lentement. Il était peut-être temps, en effet.

Le rugissement tira brusquement Brianna d'un profond sommeil. Ce n'était pas un son humain. Elle commença à entendre un grand fracas, comme si on jetait des objets et des meubles contre les murs. Elle sauta sans réfléchir hors de son lit.

Riyaz !

Une nouvelle crise de stress post-traumatique. Encore des hallucinations, peut-être. Des flash-back. Peu importait ce que c'était, il avait besoin d'elle.

Elle courut dans le couloir en direction de sa chambre. Personne d'autre ne semblait être en chemin. Ils le craignaient tous. Elle avait entendu des domestiques et des gardes chuchoter plus tôt dans la journée à propos du « cheikh fou » et échanger sur ce qu'il s'était passé dans la bibliothèque. Personne ne paraissait avoir confiance en sa capacité à tenir le coup. Pourtant, cela ne signifiait pas qu'il y avait quelque chose de détraqué chez lui. Elle était persuadée du contraire, et si elle était la seule à croire en lui, cela ne changeait rien à sa certitude que Riyaz pouvait s'en sortir.

Il était traumatisé, et c'était compréhensible.

Elle ouvrit la porte de la chambre royale et découvrit une

commode renversée au sol. Les rideaux arrachés. La pièce était sens dessus dessous, et Riyaz se tenait au centre, un guerrier au regard vide et à l'air perdu. L'homme qui lisait des livres avait disparu, laissant place à celui qui sculptait son corps avec une obsession animale.

La bête avait gagné.

— Riyaz, dit-elle lentement.

Il souffla longuement, les yeux fous, tel un étalon effrayé. Elle devina qu'il n'était pas encore de retour dans le monde réel.

— Brianna.

Elle fut surprise de constater qu'il avait conscience que c'était elle. Il la rejoignit sur le seuil, l'entoura de son bras et l'attira dans la chambre.

— Ils ne vous toucheront pas, affirma-t-il.

— Il n'y a personne ici.

— Des gens étaient là.

— Non. Il n'y a personne ici. Vous êtes en sécurité.

Il grogna, puis il l'entraîna plus loin dans la pièce et la plaqua contre le mur du fond. Il se plaça devant elle, faisant rempart de son dos imposant.

Elle l'entoura de ses bras et posa les mains sur son torse. Elle pouvait percevoir les battements affolés de son cœur.

— Riyaz, chuchota-t-elle. Riyaz, revenez.

Elle passa lentement les mains sur ses pectoraux d'acier, puis sur son ventre. Peu à peu, son rythme cardiaque ralentit.

— Ça va aller... Ça va aller...

Soudain, il se retourna. Il posa les mains de part et d'autre de son visage contre le mur. Le pouls de Brianna s'emballa. Elle pouvait à peine respirer. Il était si proche d'elle...

Elle tendit la main et lui toucha la joue.

— Riyaz.

Tout à coup, ce fut comme si le brouillard se dissipait. Riyaz était de retour.

Alors, une tension d'un autre genre s'installa entre eux. Il lui passa une main autour de la taille et la caressa doucement de haut en bas. Il était de retour, mais dans une version plus sauvage.

Il se rapprocha encore. Brianna se força à garder les yeux ouverts. Quoi qu'il se passe entre eux, elle voulait voir.

Ne sois pas idiote. C'est le cheikh de Nazul. Il va épouser une autre femme. Et toi tu es censée être amoureuse de son frère.

Brianna se dit que cela faisait déjà deux bonnes raisons de s'écarter de lui, sans compter qu'elle aspirait à une vie normale, simple, et qu'avec Riyaz rien ne le serait jamais.

Et pourtant, elle ne bougea pas. Comme si elle était sous son emprise ; ou plutôt, comme si tous les deux se trouvaient sous l'emprise de quelque chose qui les reliait et les dépassait, une force incontrôlable. Une attirance.

Aurait-elle souhaité qu'il penche la tête vers elle ? Qu'il l'embrasse ? Elle l'ignorait. Au lieu de cela, il toucha son visage, fit glisser les doigts le long de sa mâchoire et passa le pouce sur sa bouche.

Puis il laissa tomber sa main et recula d'un pas.

— Cela ne s'arrêtera jamais, déclara-t-il.

Pendant un instant, Brianna resta confuse : qu'est-ce qui ne s'arrêterait jamais ? Puis elle comprit qu'il évoquait ses hallucinations, ses visions, et non le champ magnétique entre eux, la pulsation.

Reprends-toi, Brianna ! s'intima-t-elle.

— Ça va s'améliorer. Ça va...

— Non ! Il y a quelque chose de cassé en moi. Si Cairo a besoin que je sois un homme de paille, alors c'est très bien. Mais quant à savoir si je peux gouverner...

— Ne vous laissez pas faire ! lança-t-elle, avec une force qui la surprit elle-même.

Elle était choquée par l'intensité de ce qu'elle ressentait.

Ce qui lui arrivait n'était pas juste. Riyaz était fort. Fier. Le genre d'homme qui ferait tout ce qui était en son pouvoir pour protéger les siens. Et son peuple.

— C'est un syndrome de stress post-traumatique, Riyaz. Les soldats en souffrent lorsqu'ils reviennent de la guerre. De nombreuses personnes en souffrent après avoir été victimes d'abus.

— Je sais. J'ai lu à ce sujet aussi. Mais, quel que soit le nom qu'on donne à ce que je traverse, c'est inacceptable pour un homme dans ma position. Je dois être l'homme qu'ils ont besoin que je sois.

— Ils ont besoin de *vous*. Ils ont besoin que vous ayez survécu, et vous avez survécu. Vous l'avez fait pour eux, pour votre pays. Vous n'avez pas besoin d'être parfait. Personne n'attend cela de vous.

— Ce serait bien si je n'étais pas un danger pour autrui.

— Vous ne m'avez pas fait de mal, à moi.

— Vous savez ce que j'ai envie de vous faire ? demanda-t-il d'une voix rauque. Vous déshabiller et vous posséder sur ce lit.

Une chaleur subite l'envahit. Cet aveu sans filtre, son corps si proche du sien... Seigneur !

Elle déglutit difficilement.

— C'est l'adrénaline, avança-t-elle d'un ton aussi affirmatif que possible.

— Non.

— Vous devez dormir.

— Ce ne sera pas ici.

— Vous n'avez pas besoin de vous punir pour...

— Vous ne savez pas ce dont j'ai besoin ! coupa-t-il, péremptoire. Si vous le saviez, rien de tout cela ne serait arrivé.

Puis il pivota et se rua hors de la pièce, la laissant seule au milieu du chaos de la chambre et de ses émotions.

Le cachot était sombre. Un lieu familier. Et, après tout ce qu'il venait de vivre, c'était le meilleur endroit pour lui.

Son esprit était encore rempli d'images de ce qu'il avait vu.

Sa mère.

Toujours sa mère.

La peur, le sang et la mort.

Il grogna. Il sentait encore dans ses veines la pulsion de destruction. Tout détruire. C'était cela, le pire : sortir de ses flash-back n'avait pas éteint cette pulsion. Il se demandait même comment il avait résisté à celle d'arracher les vêtements de Brianna et de se satisfaire. Comme si la seule façon de se libérer de la bête qui grondait dans son corps était de posséder la jeune femme. D'éteindre son désir au contact de sa peau.

Non.

Il s'allongea au sol dans un coin du cachot. Et il accueillit avec reconnaissance et soulagement la morsure des dalles de pierre contre son corps.

Il méritait d'être puni rien que pour ses pensées impures.

La porte était ouverte, mais une part de lui serait toujours enfermée ici.

5

— Non, il n'y a pas vraiment eu de progrès, annonça Brianna. J'aimerais pouvoir dire le contraire, mais... Je suis désolée, Cairo. Je ne suis toujours pas certaine de ce qu'il compte faire avec Ariel Hart. Lui-même n'a pas l'air de le savoir.

— Alors je la garde en sécurité. Jusqu'à ce que tu le saches.

Elle repensa à la façon dont Riyaz lui avait parlé de la relation de Cairo avec celle qui devait épouser son frère.

— C'est ton amie, n'est-ce pas ?

— Je... Oui, dit Cairo.

Même au téléphone, elle avait perçu son hésitation.

— Riyaz m'a un peu parlé du lien que tu avais avec elle, dans votre enfance.

— Je n'avais pas réalisé qu'il l'avait remarqué.

— Je pense qu'il était jaloux.

— Vraiment ?

— D'elle, pas de toi. Il m'a dit que tu étais son meilleur ami en plus d'être son frère, sauf quand elle venait au palais.

— Ce n'est pas ce dont je me souviens. Je me souviens qu'il était très occupé par son futur rôle de dirigeant.

— Peut-être devrais-tu lui en parler...

Cairo ne répondit pas immédiatement.

— Tu sembles réussir à tirer beaucoup de lui, alors que tu donnes l'impression qu'il est à peine civilisé.

— Il est à peine civilisé, mais cela ne signifie pas qu'il est impossible de lui parler. Il aime parler. Quand on y pense, c'est logique : il n'a eu aucun interlocuteur pendant tellement longtemps !

Cette fois, Cairo ne répondit pas du tout.

— Je te tiendrai au courant, reprit Brianna. Je ne l'ai pas encore vu aujourd'hui. Je pense qu'il est retourné dans sa cellule. On peut s'attendre à une régression : deux pas en avant, un pas en arrière.

C'était prévu, mais elle n'aimait pas ça. Et elle essayait de trouver un moyen d'arranger les choses. Mais elle était encore en train de se remémorer tout ce qui s'était passé. Ce qu'elle avait ressenti. Elle n'avait pas peur de Riyaz. C'était ça, le problème.

Au contraire, elle avait peur d'elle-même.

Elle prit congé de Cairo et raccrocha. Elle inspira profondément. Si Riyaz était dans le cachot, alors elle l'y rejoindrait. Et elle n'allait pas laisser la peur l'arrêter.

Elle traversa le couloir et emprunta l'escalier en colimaçon qui menait aux sous-sols. Elle avait emporté une couverture, sa tablette, un panier avec de la nourriture et les livres que Riyaz avait mis de côté dans la bibliothèque. Elle avait le sentiment que ce qu'elle faisait était peut-être stupide.

Arrivée en bas, elle prit par le corridor humide. Elle entendit du bruit, comme des mouvements ponctués de grondements. Elle se figea un instant, puis continua à avancer jusqu'à un cachot dont la porte était ouverte. Elle fit un pas dans la pénombre. Elle ne distinguait rien. Elle fit un deuxième pas, puis un troisième.

Alors elle le vit.

Riyaz était suspendu à une barre fixée au plafond bas de la cellule. Il se hissait lentement à la force des bras, puis redescendait. Il était seulement vêtu d'un short noir. Elle fut frappée de stupeur à la vue de ses muscles en action. Ce mâle superbe, une œuvre d'art vivante, qui dépassait en force n'importe quel homme normal.

Brianna sentit monter en elle une puissante pulsion. Le besoin. Le désir.

Qu'est-ce qui ne va pas chez toi ? songea-t-elle. Elle était censée l'aider. Elle était censée être amoureuse de Cairo. Transférait-elle simplement son affection sur son frère ?

Or Riyaz n'avait rien à voir avec Cairo. Elle ne pouvait pas se cacher derrière sa théorie du transfert, s'en servir comme excuse. Les poils noirs sur son torse, ses longs cheveux, sa barbe... Il était la virilité incarnée.

Soudain, il leva les yeux et la vit. Il relâcha sa prise et retomba au sol. Son regard brillait de colère.

— Qu'est-ce que tu fais ici ?

Son corps luisait de sueur. Des gouttes roulaient le long de ses pectoraux et de ses abdominaux. Des yeux, elle parcourut lentement tout son corps. La pulsation s'amplifia entre les jambes de Brianna. Elle était amoureuse de Cairo depuis dix ans, mais elle ne l'avait jamais ressenti en ce point précis de son anatomie. Pas comme ça.

Qu'est-ce qui ne va pas chez toi ?

— Je vous ai apporté de la nourriture. Et une couverture. Et un film. Et vos livres.

— Vous n'auriez pas dû venir ici.

— Vous ne m'avez pas dit de ne pas le faire.

— Et si je vous l'avais dit ?

— Je serais venue de toute façon. Parce qu'il faut bien que quelqu'un s'occupe de vous.

— J'ai passé quinze ans tout seul. Personne ne s'est occupé de moi. Je ne suis pas un enfant. Et je ne suis pas un chien.

— Je sais, bredouilla Brianna, déstabilisée. Je n'ai pas dit que vous l'étiez. Je suis... Je suis désolée, je...

— Quel film ?

— C'est une adaptation des *Quatre Filles du docteur March*. Je me suis dit que ça vous plairait.

— Peut-être, déclara-t-il.

Il la regardait d'un air suspicieux. Cela aurait presque été drôle s'il y avait quoi que ce soit d'amusant dans cette histoire. Mais rien n'était ni drôle ni normal. Et pourtant, elle devait aller de l'avant. Alors Brianna posa soigneusement ses affaires, attrapa la couverture et l'étala sur les dalles. Elle installa sa tablette au sol un mètre plus loin.

— Asseyez-vous, dit-elle.

Il grogna.

— Vous grognez trop.

— Vous me faites trop grogner.

Toutefois, il s'assit à côté d'elle. Il était en sueur, et elle n'avait qu'une envie : poser le visage sur son torse et s'imprégner encore plus de son odeur animale et virile. Devenait-elle folle ? Était-elle vierge depuis trop longtemps, au point que ses hormones se détraquaient ?

C'était la faute de Cairo. Elle avait été tellement obsédée par lui qu'elle n'avait vécu aucune relation. Et peut-être que maintenant sa libido se réveillait et réclamait son dû. Tout allait bien jusqu'à présent, mais là, un homme musclé, torse nu et en sueur la mettait dans tous ses états au point d'altérer sa sagacité et son jugement.

Elle se pencha en avant et lança le film, puis elle commença à déballer la nourriture.

Il ne se passerait rien. Elle aidait Riyaz, point.

Pourtant, assise sur la couverture, dans cette robe qui lui

montait jusqu'à mi-cuisse, à côté de cet athlète à moitié nu, c'était... difficilement supportable. Mais elle ne le montrerait pas.

— Du fromage, annonça-t-elle. Et des fruits.

— Pas de cheeseburger ?

— Non, désolée. Mais je peux m'assurer qu'il y en aura pour le dîner.

— Vous vous comportez comme ma nounou.

— Je peux vous assurer que je ne me sens pas du tout comme une nounou !

Elle préféra ne pas s'attarder sur le genre de femme qu'elle se sentait devenir auprès de lui, c'était bien trop troublant. Il s'installa à côté d'elle et commença à manger. Elle s'aperçut qu'elle appréciait cette proximité, d'autant que Riyaz semblait se détendre peu à peu.

— J'ai vu ma mère, déclara-t-il abruptement. Dans la bibliothèque. Je vous ai rattrapée, et vous aviez l'air si terrifiée... Vous m'avez fait penser à elle. À ma mère. Au moment où ils...

— Je suis désolée.

— Il n'y a pas lieu d'être « désolée ». Je ne faisais qu'expliquer.

— Je suis désolée quand même. Vous avez vu des choses horribles.

— Le monde est parfois horrible, dit-il en désignant la tablette d'un signe de la tête. C'est un beau film sur une belle famille. Et Beth meurt quand même.

— C'est une bien sombre manière de voir les choses.

— Il est tout à fait possible que ma manière de voir le monde ne soit pas tout à fait... normale.

Ils continuèrent à visionner le film en silence. Le moindre baiser, aussi chaste soit-il, la moindre évocation de la passion, la moindre scène de tension érotique ou amoureuse : assise tout près de cet homme à moitié nu, Brianna ressentait tout avec une folle intensité.

Elle n'avait aucune expérience avec les hommes. Et lui, en avait-il avec les femmes ? Il avait passé quinze ans dans un cachot. Avait-il eu une maîtresse avant ? Était-il possible qu'il soit vierge, lui aussi ? Cette pensée lui donna chaud.

Compte tenu de son manque d'expérience, il serait logique qu'elle se tourne vers un homme comme Cairo, qui savait certainement comment toucher une femme. Et pourtant, elle ne pouvait s'empêcher de penser à la sensation que lui avaient procurée les bras puissants de Riyaz. Même si elle avait eu peur, elle ne s'était jamais sentie aussi protégée. Quelle que soit la menace qu'il avait cru voir, son intention avait été de la garder en sécurité.

Le film se terminait, et un baiser passionné emplissait l'écran. Brianna avait conscience que, sur la couverture, le bout des doigts de Riyaz et le bout des siens étaient tout près de se toucher. Elle tourna la tête. Son regard croisa le sien. Elle y décela de l'incandescence, même dans l'obscurité. Elle détourna les yeux.

Il faisait venir une femme ici pour l'épouser. Ce dont il avait besoin, c'était d'apprendre à se comporter avec elle. À être plus doux.

Brianna, elle, n'avait pas besoin qu'il soit doux avec elle. Elle n'avait pas besoin qu'il soit quelqu'un d'autre que lui-même. Elle ne savait rien d'Ariel Hart, mais elle se doutait que celle-ci ne réagirait pas comme elle face aux manières brusques de Riyaz, qui ignorait le sens du mot « compromis ».

— J'espère que vous avez apprécié le film.

— Oui, approuva-t-il.

— Je vais vous laisser. Mais j'espère que...

— Je ne veux pas que vous me laissiez. Je veux aller à la piscine qui est sous le palais. Venez avec moi.

— Pourquoi ?

— Parce que je vous le demande.

Socialiser avec lui faisait partie de son travail, mais elle avait envie d'une pause. Non, elle en avait *besoin*. Même si la part la moins professionnelle de sa personnalité souhaitait se rapprocher de lui, elle n'avait pas été engagée pour cela.

— D'accord. Je vais enfiler un maillot de bain et je vous rejoins.

Elle le désirait. Riyaz en était certain, la façon dont elle l'avait regardé pendant le film le lui avait confirmé. Avant cela, il avait senti cette électricité grésiller entre eux.

Elle le désirait, et il la désirait en retour.

Alors il ne voyait pas pourquoi il ne l'aurait pas.

Il n'aimait pas Ariel. Et la première fois qu'il avait revu le soleil, il avait vu Brianna. C'était un signe. Qu'elle était à lui. Et qu'elle était faite pour lui.

Il dégota un maillot de bain dans les affaires que Cairo lui avait fait apporter lorsqu'il avait été libéré, se changea, puis il attendit Brianna au pied de l'escalier qui menait à l'étage.

Quelques minutes plus tard, elle apparut. Elle portait un peignoir rose. Il se rendit compte que le regard de la jeune femme était aimanté par son torse. Cela l'amusa. Ainsi, il avait raison : il l'attirait.

Ne pourraient-ils pas simplement se faire du bien l'un à l'autre ? C'était tout ce qu'il voulait. Il ne s'agissait pas seulement de son propre désir, pourtant féroce. Il avait envie de la voir succomber à ce qu'elle ressentait pour lui, de la voir s'abandonner à son attirance physique.

— Par ici, dit-il. Suivez-moi.

Durant son emprisonnement, Riyaz s'était évadé grâce à la lecture dans des mondes fictifs. Il avait vécu par procuration l'amour, le désir, le sexe, la colère, la vengeance ; il avait voyagé en esprit, car il avait refusé que son monde se limite à quatre murs de pierre. En parallèle, il s'était efforcé d'oublier tout ce qui se trouvait au-delà, en particulier le palais – sa maison.

Pourtant, il retrouvait d'instinct le chemin vers la piscine souterraine. Il était certain qu'il se souviendrait aussi de comment on nageait. Cela devait être quelque chose d'enfoui dans sa mémoire musculaire.

Au bout d'un couloir, il descendit un escalier en colimaçon et se retrouva dans l'immense pièce, une sorte de grotte merveilleuse aussi magnifique que dans ses souvenirs avec ses mosaïques et ses piliers sculptés.

Il avait ri ici, joué, passé de bons moments en famille. Les images du passé étaient nettes dans sa mémoire, mais contrairement à ce qu'il avait vécu dans la bibliothèque, elles n'empiétèrent pas sur la réalité.

— C'est... incroyable ! s'exclama Brianna.

— Oui.

Il commença à descendre dans la piscine, puis il glissa vers l'avant, s'enfonçant dans l'eau comme un couteau. Il pouvait nager !

— Venez, lança-t-il à Brianna.

La couleur monta à ses joues. Puis elle laissa le peignoir glisser de ses épaules, révélant un bikini jaune vif. Aussitôt, le corps de Riyaz se tendit. Il était dur comme l'acier. Le corps que laissait deviner le bikini était encore plus appétissant que dans ses rêves les plus fous.

Sa poitrine pleine débordait des bonnets du soutien-gorge, son ventre était plat, sa taille fine et ses hanches généreuses. Elle entra précautionneusement dans l'eau. Elle frissonna.

— Vous êtes ravissante.

Les joues de Brianna devinrent écarlates.

— Vous ne devriez pas...

— Dois-je faire semblant de ne pas vous regarder ? la coupa-t-il. Dois-je faire comme si je n'admirais pas chaque creux, chaque bosse, chaque courbe de votre corps ? Comme si je n'avais pas noté que vos seins semblaient fermes, que vos hanches étaient dessinées à la perfection ? Ne devrais-je pas vous dire que j'ai envie de les saisir à pleines mains ?

— Riyaz...

Ce n'était pas vraiment une protestation, aussi nagea-t-il jusqu'à elle. Il lui tendit la main.

— Venez !

Elle hésita un moment, puis elle lui prit la main. Il l'attira vers lui et la fit nager avec lui, son corps pressé contre le sien.

— Vous êtes une terrible tentation pour moi.

— Riyaz, ce n'est pas... Nous ne sommes pas... Je ne peux pas vous aider. Je ne suis pas là pour ça. Ce n'est pas ce que Cairo attend de moi.

— Je vois. Aimez-vous mon frère ?

— Oui.

Elle détourna le regard, manifestement honteuse de cet aveu. Il peinait à comprendre la honte que les gens ressentaient face à leurs sentiments. Il lui était facile de dire à Brianna combien elle était belle, d'admettre qu'il la désirait. Il était absurde de nier une chose aussi évidente. Il était en érection et il voulait être comblé. Il ne pouvait pas le lui cacher, sauf si elle choisissait de ne pas le voir.

Et pourquoi devrait-il en avoir honte ? Brianna était une belle femme, et il avait longtemps été privé de la présence d'une belle femme. Alors, pourquoi ne pas se faire plaisir ?

Et si elle aimait Cairo... eh bien, il s'en moquait ! Et il ne voyait pas en quoi c'était un obstacle.

— Pourquoi l'aimez-vous ?

— Il m'a sauvée. Et il a pris soin de moi depuis. Et je suis amoureuse de lui. Je... C'est mon ami. Mais...

— Êtes-vous amoureuse de lui ou vous sentez-vous liée à lui parce qu'il vous a sauvée ?

— Je l'aime.

— Et pourtant, cela ne vous empêche pas de ressentir de l'attirance pour moi.

— Je suis un être humain. J'ai dit que j'aimais votre frère, je n'ai pas dit qu'il s'était passé quelque chose entre nous.

— Vous dites donc que vous désirez l'homme que vous aimez, mais comme il ne vous a pas touchée, votre désir peut se reporter sur quelqu'un d'autre que lui ?

Il descendit les mains dans son dos, s'arrêtant juste au-dessus de la ceinture de son bikini. Il mourait d'envie de lui caresser les fesses, et pourtant il allait attendre d'avoir une preuve plus explicite de son désir.

— Il est tout à fait possible d'apprécier la physionomie d'une personne tout en en aimant une autre, n'est-ce pas ? marmonna-t-elle, d'un ton embarrassé. Sinon, les gens n'auraient pas d'aventures.

— Mais il ne s'agirait pas d'une aventure puisque vous avez dit que mon frère ne vous avait jamais touchée.

— Vous allez vous marier.

— Avec une femme que je n'aime pas. Avec une femme à qui je ne dois rien.

Elle se dégagea et il la laissa s'éloigner, non sans pousser un grognement.

— Ne me grognez pas dessus, protesta-t-elle.

— J'aimerais vous toucher.

— Non. Nous parlons. Je suis là pour vous aider, et peut-être que vous me désirez seulement parce que vous m'avez sous la main après des années d'enfermement.

— Cela ressemble à une excuse.

— Ce n'est pas le cas. Vous êtes fiancé. Vous avez pris cette décision.

— Sauf si je l'emprisonne.

— Son père vous a trahi, pas elle !

— Je sais. Mais tout comme je suis un symbole d'espoir pour mon peuple, Ariel Hart sera le symbole de notre victoire. Pas en prison, mais en tant que cheikha. Nous ne pouvons rien contre ce que nous symbolisons. Je suis cheikh parce que mon père l'était. Elle sera mon épouse à cause des méfaits de son père ?

Brianna commença à nager sur le dos, s'éloignant de lui.

— Je sais ce que c'est que de souffrir à cause d'un père, d'être utilisée comme un pion.

Il nagea jusqu'à elle et passa un bras autour de sa taille. Il l'attira à lui. Il gémit lorsque ses seins s'écrasèrent contre son torse. Elle détourna le regard, mais il pouvait voir son pouls battre à la base de sa gorge. Il baissa la tête et l'embrassa à cet endroit. Puis il lui lécha lentement le cou. Elle frémit dans ses bras et un petit cri s'échappa de ses lèvres.

— Riyaz. Ce n'est pas… Nous ne pouvons pas.

— Vous aimez ça.

— Je vous parle de quelque chose de sérieux ! s'emporta-t-elle.

Elle pressa les mains contre son torse et s'écarta de lui.

— Vous pouvez me parler d'un sujet sérieux pendant que je vous tiens dans mes bras, non ?

— Pas si vous me léchez !

— J'adore le goût de votre peau.

— Vous êtes trop franc. Vous allez devoir travailler là-dessus. Les gens ne disent pas tout haut ce qui leur passe par la tête.

— Dommage ! Il me semble que c'est l'hypocrisie qui crée des problèmes dans le monde, pas l'honnêteté ni la franchise. Vous pouvez très bien aimer Cairo et coucher avec moi. Pourquoi devriez-vous avoir honte ou être gênée ? Pourquoi devrais-je cacher que je vous trouve belle ? Rien de tout cela n'a de sens pour moi. Le mensonge a tué ma famille. L'honnêteté ne fait de mal à personne. Vous aimez Cairo, cela ne fait de mal à personne. Il devrait être content.

— Lorsque vous aimez quelqu'un et que cette personne ne partage pas vos sentiments, c'est douloureux. On se sent stupide. C'est embarrassant.

— Il faudrait qu'il soit idiot pour ne pas vouloir de vous.

— Je ne suis pas sûre qu'il serait particulièrement flatteur qu'il veuille de moi. Il n'est pas très regardant quand il s'agit de partenaires sexuelles. Coucher avec des femmes est une sorte de hobby pour lui. Certaines personnes courent tous les matins, Cairo prend une nouvelle maîtresse.

Riyaz s'esclaffa.

— C'est gentil pour lui ! Quand je vous dis que je vous trouve belle, je veux dire que jamais une autre femme ne m'a fait éprouver les mêmes sentiments ; ni n'a déclenché les mêmes pensées.

— Vous n'avez pas vu beaucoup de femmes non plus, si je ne m'abuse...

— Non. Mais cette réflexion me laisse à penser que vous refusez d'être complimentée. Parce que c'est plus facile.

— En quoi est-ce plus facile ?

— Vous avez peur de ce qui se passerait si vous me croyiez quand je vous dis que vous êtes belle.

Elle détourna le regard.

— Être belle ne m'a jamais rien apporté. Mon père...

Elle s'interrompit et releva les yeux vers lui.

— Nous sommes censés parler de vous. C'est de vous que je suis censée me préoccuper.

— Depuis combien de temps personne ne s'est préoccupé de vous ? Qui s'est tenu à vos côtés ? Cairo vous a secourue, mais a-t-il échangé avec vous ? A-t-il essayé de vous apprendre à vivre dans ce monde cruel ? A-t-il pris ses petits déjeuners avec vous ? Regardé des films avec vous ?

— Non, concéda-t-elle en baissant les yeux. Mais j'avais quinze ans et lui dix-neuf. Et nous n'aurions pas... Ce n'est tout simplement pas ainsi que cette relation devait se développer. Il m'a envoyée à l'école. Il créait son entreprise, amassait sa fortune. Il n'avait pas besoin qu'une fille s'accroche à lui et...

— Peut-être devriez-vous me laisser vous écouter parler, la coupa-t-il. Ce serait peut-être une bonne chose.

— Mon père voulait me vendre. Que pensez-vous de cela ? Pour payer ses dettes envers son ennemi et faire la paix. J'étais assez jolie. Son rival voulait m'acheter, puis me vendre à tout homme désireux de payer pour une soirée. Ou quelques instants. Voilà ce que signifiait pour moi être belle quand j'avais quinze ans. Et c'est peut-être en partie pour cela que j'aime tant Cairo : il ne m'a pas traitée comme si j'étais seulement belle. Et jamais il n'a essayé de profiter de la situation.

La fureur avait envahi Riyaz. Qu'un homme puisse oser imaginer poser les mains sur elle sans son contentement et que son propre père l'ait traitée ainsi le mettaient dans une rage folle.

Il avait goûté à la trahison. Dominic Hart, l'homme en qui son père avait confiance, avait fini par le faire assassiner, même si le cheikh s'était battu jusqu'à la mort pour sauver sa femme et ses fils. Le traître avait ensuite fait emprisonner Riyaz.

— Votre père vit-il encore ? demanda-t-il.

— Oui, pour autant que je sache.

— Plus pour longtemps. Je le trouverai. Et je le ferai tuer.

— Vous... vous ne pouvez pas... faire ça, bégaya-t-elle, les yeux écarquillés.

— Si. Je suis à la tête d'un royaume, je commande une armée, je peux certainement engager un tueur à gages pour éliminer une ordure.

— Je croyais que vous deviez m'écouter, Riyaz...

— J'ai entendu tout ce dont j'avais besoin. Le monde se porterait mieux s'il ne gaspillait pas son oxygène.

Il lui était étrange de constater que sa volonté de la défendre l'effrayait et la rendait heureuse tout à la fois.

— Je vous protégerai toujours, Brianna. Vous n'aurez plus jamais à craindre pour votre sécurité.

— C'est très gentil de votre part, mais je ne suis pas sous votre responsabilité. C'est l'inverse. Je dois travailler avec vous, votre frère me l'a demandé. Et puis nous ne nous connaissons que depuis deux jours.

C'est tout ? s'étonna-t-il. Le temps n'avait que peu de sens pour lui, et les moments passés en compagnie de Brianna lui avaient semblé intemporels.

Après avoir entendu que son père avait voulu la vendre, il n'était plus question pour lui d'essayer de la prendre dans ses bras. C'était elle qui devait venir à lui. Il la désirait toujours autant. Il avait la certitude qu'elle aussi, mais il devait s'assurer qu'elle avait envie de passer à l'acte.

— Vous pensez que je ne vous connais pas depuis assez longtemps, et pourtant vous êtes la personne que je connais le mieux. En quinze ans, je n'ai jamais eu une relation aussi profonde. Je me sens plus proche de vous que de Cairo, par exemple. J'ai partagé avec vous des choses que je n'ai partagées avec personne d'autre ; et maintenant, vous avez partagé des choses avec moi. Donc je vous protégerai. Je vous le promets.

Elle poussa un long soupir en secouant doucement la tête de droite à gauche.

— Vos paroles me touchent, Riyaz. Mais c'est un travail, pour moi, rien de plus. Et quand ce sera fini, je partirai. Je retournerai chez moi pour me construire une vie normale. Nos échanges m'ont permis d'y voir plus clair. Je suis trop attachée à Cairo, et cela doit cesser. Je ne peux pas me le permettre. J'ai besoin de construire ma propre existence en m'éloignant de votre frère, en me débarrassant des sentiments que j'éprouve pour lui. Je veux trouver un homme normal, je veux une famille normale dans un quartier normal. Je ne veux plus vivre dans une maison de ville que je ne pourrais jamais m'offrir. Rien n'a jamais été normal pour moi. Alors oui, je rêve d'un joli pavillon de banlieue avec des voisins gentils et des enfants qui font du vélo. Mes enfants. Une vie normale.

— Je vois. Mais la normalité n'a jamais protégé personne. Moi, je le ferai.

— Je vous remercie. Je m'en souviendrai.

Elle commença à sortir de la piscine. Riyaz devinait que ce n'était pas seulement un éloignement physique.

— Votre père vous avait-il déjà... vendue, avant ?

Elle s'immobilisa. Un pli apparut entre ses sourcils.

— Vous me demandez si j'ai été violée ?

— Oui. Quoi qu'il en soit, je vous dois des excuses. Je vous ai prise dans mes bras parce que je vous trouve belle. J'avais envie de vous toucher. J'ai supposé que vous en aviez envie, vous aussi, mais je ne m'en suis pas assuré. Et maintenant que vous m'avez confié ces choses...

— Je n'ai pas été abusée sexuellement. J'apprécie que vous me le demandiez. D'autre part, j'avais envie que vous me preniez dans vos bras. C'est seulement que j'ai réalisé que ce n'était pas une bonne idée.

— Je ne comprends pas ce choix. J'ai été privé de beaucoup de choses pendant quinze ans. Pourquoi se priver volontairement de quelque chose dont on a envie quand on est libre ?

— Dit l'homme qui choisit de manger le même porridge tous les matins, ironisa Brianna. Parfois, on se prive d'un plaisir parce que les conséquences seraient trop difficiles à gérer. Vous ne pouvez pas comprendre ça ? Vous ne voyez pas que je dois me protéger ?

— Alors vous feriez mieux de partir. Je souhaite vous

protéger de moi, mais si vous restez, j'aurai de plus en plus de mal à le faire. Surtout maintenant que vous m'avez confirmé avoir envie d'être dans mes bras.

Elle sortit de la piscine sans répondre et alla chercher son peignoir. Elle hésita un instant, puis l'enfila. Riyaz avait les yeux braqués sur elle. Elle le regarda une dernière fois avant de tourner les talons et de quitter la pièce.

Le lendemain, lorsque Brianna descendit prendre son petit déjeuner, son corps et son esprit étaient encore en ébullition.

Riyaz n'était pas là. Elle n'alla pas le chercher – il était probablement dans son cachot.

Pensive, elle saisit une gaufre et en mangea une bouchée. Elle remercia silencieusement Cairo : ce genre d'attention portait sa signature, il avait dû approvisionner le palais en nourriture américaine pour elle. En même temps, elle le maudit, car elle aurait plus de mal à se détacher de lui s'il continuait à être aussi gentil avec elle.

Toutefois, elle ne pouvait ignorer les sensations délectables que lui avait procurées le corps puissant de Riyaz plaqué contre le sien. Elle s'en voulait de lui avoir avoué qu'elle était consentante. Et aussi de s'être autant confiée à lui à propos de son passé.

Peut-être parce qu'elle ne supportait pas qu'il se sente coupable. Ou parce qu'il était difficile de mentir ou de biaiser avec un homme aussi direct, qui posait sans cesse des questions déplacées que jamais les gens polis et normaux n'oseraient poser. Mais il n'était ni poli ni normal.

Il avait toutefois fait preuve d'une sensibilité et d'une délicatesse étonnantes après qu'elle lui avait avoué qu'elle avait failli devenir contre son gré une fille de joie.

Elle était tout de même censée s'occuper de lui, l'aider !

Et pourtant, elle avait fini par lui parler comme s'il était son thérapeute. Elle lui avait confessé son amour pour Cairo, révélé ses aspirations à la normalité… Jamais elle ne s'était attachée de la sorte à quelqu'un avec qui elle travaillait. Jamais non plus elle n'avait laissé un de ses clients l'embrasser dans le cou – le souvenir de la langue de Riyaz sur sa peau l'avait tenue éveillée une bonne partie de la nuit.

Ça devient n'importe quoi, songea-t-elle en buvant une gorgée de café.

Et ils ne se connaissaient que depuis deux jours ! Il avait balayé cet argument comme s'il était évident que l'importance du temps qu'ils passaient ensemble ne se mesurait pas en jours. Brianna devait bien reconnaître que c'était le cas. Elle ne savait pas pourquoi, mais c'était le cas, il avait raison.

Brianna avait mangé la moitié de ses gaufres lorsque Riyad entra dans la pièce.

— Mon frère a récupéré Ariel Hart ! Elle n'est pas disposée à se marier, ce qui est regrettable, et il m'a dit qu'il ne pouvait pas l'amener ici tout de suite.

Brianna était mal à l'aise. Elle savait que c'était à cause du rapport qu'elle avait fait à Cairo que l'arrivée d'Ariel était retardée, mais elle hésitait à l'avouer à Riyaz.

Elle avait besoin qu'il soit capable de se concentrer et de ne plus laisser son esprit partir en tous sens. Elle pouvait peut-être le lui dire, sans admettre toutefois qu'elle avait dit à Cairo qu'elle craignait un peu pour la sécurité d'Ariel. Elle n'était plus sûre que ce soit vrai. Elle ne pensait pas que Riyaz était dangereux.

— Eh bien…, commença-t-elle, hésitante.

— Qu'est-ce que c'est ? demanda Riyaz en désignant l'assiette qui se trouvait face à sa chaise.

— Des gaufres. J'ai pensé que vous aimeriez cela.

— Allez-vous me faire la leçon sur le renoncement volontaire ?

— J'y pensais, puisque vous avez eu tellement à dire hier sur la manière dont je me privais..., répliqua-t-elle du même ton léger.

— D'accord, je vais essayer les gaufres.

— Pourquoi ne pas essayer de prendre trois repas audacieux avec moi aujourd'hui ?

— D'accord. Me laisserez-vous encore vous prendre dans mes bras ?

— Dans quel but ?

— Dans quel but ? répéta-t-il en fronçant les sourcils d'un air perplexe. N'avez-vous pas apprécié être dans mes bras, hier ?

— Si. Mais en général les hommes prennent les femmes dans leurs bras parce qu'ils ont une idée derrière la tête.

— Le sexe ?

— Oui, acquiesça-t-elle, le corps soudain brûlant.

— Je ne dirais pas non à du sexe.

— Non. Je ne peux pas.

— Alors vous viendrez me voir lorsque vous aurez changé d'avis.

C'était aussi simple que cela, avec lui... Et pourtant, elle avait l'impression d'être en feu, dévorée par les flammes du désir, de l'impatience et de la curiosité. Elle se sentait aussi étrangement un peu déçue qu'il lui déclare qu'il n'insisterait pas.

— Pourquoi pensez-vous que je vais changer d'avis ? demanda-t-elle.

— Je n'ai peut-être pas beaucoup d'expérience pratique, mais j'ai lu ce que les plus grands esprits ont écrit sur l'amour. Sur l'attirance. Sur la rage et la vengeance. Sur le désir. Sur les cœurs brisés. J'en ai conclu que le désir avait un caractère inexorable. Inéluctable. Lorsque deux personnes se désirent, elles finissent toujours par céder à ce désir. Lorsqu'elles y résistent, c'est parce que...

— Oui, dites-moi pourquoi, vous qui savez tant de choses, le provoqua-t-elle d'un ton condescendant. Ça m'intéresse.

Elle laissait entendre que ce qu'il pensait n'était pas valable parce qu'il l'avait appris dans les livres et non dans la vie réelle, d'expérience, au contact des gens. C'était un peu méchant, et son cœur battait si fort qu'elle était sûre que Riyaz pouvait l'entendre.

Néanmoins, il ne sembla pas se formaliser et ce fut l'air sûr de lui qu'il lui répondit :

— Je pense que les gens résistent parce qu'ils ont peur. Il y a beaucoup de raisons stupides d'avoir peur : de ce que les autres pensent, de ses propres réactions, de trop s'attacher...

— Et dans quelle catégorie me rangez-vous ?

Il lui retourna un lent et séduisant sourire qui la troubla.

— J'ai bien peur que vous ne tombiez amoureuse de moi.

Brianna éclata de rire.

— Vous avez peur que je tombe amoureuse de vous ? répéta-t-elle en reprenant son souffle. Avec un ego pareil, vous ne risquez rien !

— Je me suis mal exprimé, pardon. Je pense que vous avez peur de tomber amoureuse de moi. C'est ce qui vous retient. Quoi d'autre, sinon ? Cairo n'a pas besoin de le savoir. Personne n'a à le savoir. Jamais.

— Je ne peux pas cacher une telle chose à un homme que je considère comme l'un de mes amis les plus proches.

— Vous devez lui divulguer chaque détail intime de votre vie ? Et lui, vous informe-t-il chaque fois qu'il prend une maîtresse ?

— Je ne veux pas parler de cela, lança Brianna, agacée et mal à l'aise. Je suis là pour vous aider.

— Je ne trouve pas cela très convaincant. Je sens que j'ai un lien avec vous, *habibi*.

Elle tiqua. Il ne l'avait jamais appelée ainsi auparavant. Elle savait qu'il s'agissait d'une marque d'affection, mais elle ne savait pas exactement ce que cela signifiait.

— Je n'ai pas rencontré beaucoup de gens, ces dernières années. Cairo est peut-être votre ami, mais vous êtes ce qui s'en rapproche le plus pour moi. Ne voyez-vous pas pourquoi il pourrait être… problématique que vous agissiez comme si vous étiez seulement à mon service, et rien d'autre ?

Brianna était en colère. Parce qu'elle l'appréciait. Parce qu'il était plus qu'un simple travail, à ses yeux. Parce qu'elle aussi sentait qu'elle avait un lien avec lui.

Or elle n'en voulait pas. Elle ne pouvait pas se le permettre.

— Ce n'est pas ça. Ce n'est pas que je ne vous trouve pas intéressant, mais c'est un travail que je suis censé faire avant de retrouver ma vie. Et ici, c'est *votre* vie. Que tôt ou tard je vais quitter.

— Justement ! triompha-t-il. Il n'y a donc aucun problème à vous abandonner à votre désir !

Encore une fois, les mots de Riyaz étaient séduisants. Il savait y faire pour argumenter et la pousser délicatement dans ses retranchements.

— Riyaz, je ne suis pas comme ça. Je ne me contente pas d'avoir des aventures avec des hommes. J'ai eu beaucoup d'opportunités. Mais, pour moi, le désir est indissociable des sentiments.

Une expression de jubilation illumina son visage. On aurait dit qu'il venait de remporter la plus prestigieuse des victoires.

— Tu as donc bel et bien peur de tomber amoureuse de moi !

— Je n'ai pas peur de cela.

Non, ce qui l'effrayait le plus, c'était la façon dont elle se sentait attirée par lui. Alors que, théoriquement, son cœur appartenait à Cairo.

Oublie Cairo ! s'ordonna-t-elle. Il le fallait. Vraiment.

Elle se demanda fugacement si Ariel Hart était belle. Était-elle jalouse de savoir Cairo avec une autre femme ? Non, pas vraiment. Elle n'avait jamais été jalouse des partenaires de son ami. Peut-être parce qu'aucune ne lui avait jamais fait battre le cœur. De toute façon, elle s'était fait une raison depuis longtemps et avait accepté qu'il serait toujours hors d'atteinte pour elle ; qu'elle serait toujours en train de se languir, sans aucune chance de le conquérir.

Alors pourquoi les sentiments qu'elle éprouvait pour lui étaient-ils toujours vifs ? Peut-être n'étaient-ils qu'un bouclier, une protection, un rempart contre les autres hommes.

Et, aujourd'hui, contre son attirance pour Riyaz...

Celle-ci ne cessait de grandir. Et le fait qu'il veuille en parler sans cesse et qu'il reconnaisse ouvertement qu'elle lui plaisait n'aidait pas Brianna à garder ses distances.

— Tu sais, je suis amoureuse de ton frère depuis quinze ans. Et à aucun moment nous n'avons parlé de mes sentiments. Ou de mon attirance pour lui. Les gens n'évoquent pas ce genre de sujet parce que c'est embarrassant. Parce que c'est intime. Et par respect pour les sentiments de l'autre.

— Je comprends ce que vous me dites, mais je trouve idiot de ne pas en avoir parlé. Quelle est l'utilité d'attendre en silence, sans aucun espoir de voir vos sentiments partagés ? Pouvoir échafauder des hypothèses ? Continuer à fantasmer ? Vivre dans un espace magique, où vous pouvez vous convaincre que cela pourrait devenir réel ? Vous aimez vous raconter des histoires ? Si vous lui avouiez vos sentiments, il pourrait vous dire que vous n'avez aucune chance. Alors vos espoirs s'éteindraient. Vous n'auriez plus d'histoires à vous raconter.

Riyaz venait de lui peindre d'elle-même un tableau peu

flatteur, brutal et désagréable. Pourtant, elle devait reconnaître qu'il avait probablement raison.

— C'est la vérité, admit-elle. Pour toute l'humanité.

— En prison, je n'avais pas d'autre choix que de vivre des vies qui n'étaient pas les miennes. Je n'ai pas eu d'autre choix que de vivre des vies qui étaient des histoires. J'ai lu à quel point le contact entre deux amants pouvait être ardent. Et si j'avais eu le choix, j'aurais rendu ce contact réel. Lire est magique, mais ce n'est pas la vie. Vous avez eu toutes ces opportunités, mais vous ne les avez pas saisies. Je peux comprendre, dans une certaine mesure, que vous souhaitiez vous protéger de la vérité, mais la réalité est que cela ne vous apporte rien de bon. Cela n'apporte rien à personne. Je ne comprends pas comment vous pouvez continuer à vivre ainsi, en abandonnant vos désirs à l'imagination et en privant votre réalité de toute saveur, de tout piquant.

— Vous êtes sur le point de monter sur le trône. De gouverner ce pays. Et vous vous inquiétez du piquant dans ma vie ?

— Que je dirige Nazul est un fait. Une réalité sur laquelle je n'ai pas eu de prise puisqu'elle dépend de l'ordre des naissances dans ma fratrie, de ma lignée. Ce n'est pas une réussite, pour moi. Je dois seulement travailler pour devenir apte à gouverner. La passion, c'est différent. Ce qui m'intrigue, me questionne. Les possibilités...

— Mangez vos gaufres. Considérez-les comme porteuses d'un infini potentiel sensuel.

— Je ne suis pas certain que des gaufres puissent être qualifiées de sensuelles.

— C'est parce que vous n'en avez jamais mangé de bonnes ! Croyez-moi si je vous dis que c'est probablement meilleur que le sexe.

Brianna s'en voulut aussitôt pour cette comparaison

stupide. Elle n'aurait jamais dû dire cela, et cela se confirma lorsqu'elle croisa le regard acéré de Riyaz.

— En êtes-vous certaine ? demanda-t-il, patelin.

— Qu'est-ce que vous me demandez exactement ?

— Je pense que vous le savez. Avez-vous tous les éléments de comparaison à votre disposition pour affirmer avec certitude que les gaufres sont meilleures que le sexe ?

— Je fantasme beaucoup, louvoya-t-elle.

— Donc, vous êtes vierge.

— Je ne me vois pas comme telle. Je ne me définis pas par le fait qu'un homme m'ait touchée ou non.

Il la dévisagea d'un air amusé en dévorant une gaufre. Brianna mourait d'envie de lui demander s'il était vierge, lui aussi. Mais les mots lui restaient collés au palais. Elle était trop pudique, trop bien élevée, trop gênée.

— Les gaufres sont délicieuses, affirma Riyaz.

Il se leva, se dirigea vers elle, lui prit la main et lui fit comprendre qu'il voulait qu'elle se lève aussi. Ce qu'elle fit.

— Vous savez ce pour quoi j'ai besoin d'aide ?

Son cœur battait la chamade. Pendant un instant, elle crut qu'il allait lui proposer quelque chose de sexuel ; ou alors l'embrasser.

— Apprenez-moi à danser, Brianna.

6

La conversation que Riyaz venait d'avoir avec Brianna le faisait souffrir. Il voulait un prétexte pour la toucher à nouveau. La prendre dans ses bras.

C'était une femme si étrange ! Ou peut-être pas, après tout il n'avait pas une grande expérience des femmes. Ni des humains en général. Peut-être que tout le monde était comme elle, préférant vivre dans un monde imaginaire qu'assumer ses désirs.

Ils étaient tous prisonniers. Enfermés dans des prisons qu'ils s'inventaient.

Tu dors encore dans ton cachot, lui souffla une petite voix intérieure moqueuse.

Certes. Mais c'était une transition. Il n'y avait pas de manuel sur la façon de s'échapper du cachot. Et il avait l'impression de gérer la situation aussi bien que possible. De toute façon, qu'est-ce que ça pouvait faire ? Personne n'allait lui attribuer une note ! Et surtout pas Brianna, tellement attentionnée avec lui...

Il s'attendait à ce qu'elle rejette sa demande de lui apprendre à danser, mais elle redressa les épaules et le regarda d'un air de défi.

— Avec plaisir. Où voulez-vous que se tiennent les leçons ?

— Dans la bibliothèque. J'imagine qu'elle a été remise en état.

— Oui. J'ai pensé que cela pourrait vous perturber de voir les conséquences de...

— Cela ne me dérange pas, coupa-t-il sèchement. C'est la réalité et je ne tourne pas le dos à la réalité.

— Mais cela aurait pu vous perturber par rapport aux autres. Vous auriez pu ressentir de la culpabilité ou de la honte.

— La culpabilité, la honte... Elles naissent dans le regard des autres, dans l'opinion des autres, dans les attentes des autres. Moi, je n'ai eu pendant longtemps aucun rapport avec aucun de mes semblables, à part mes geôliers. Et vous vous doutez bien que je me fichais de leur opinion ! J'ai dû accepter le fait que mon existence devait se résumer à ma survie. Que je n'avais plus à me soucier de personne sauf moi-même. Cela me frustrait beaucoup de ne rien pouvoir faire pour mon peuple, pour ma famille, pour mon pays. Aujourd'hui, en effet, ma seule boussole, mon seul juge, c'est moi-même.

— Eh bien, vous êtes un personnage singulier. Parce que la plupart d'entre nous s'inquiètent beaucoup de ce que pensent les autres.

Il lui tendit la main, lui laissant le temps de décider si elle allait la prendre. Elle la saisit. Il entraîna Brianna vers la bibliothèque. La douceur de sa main dans la sienne lui faisait l'effet d'un baume. Il s'en délecta. Il était tout à fait possible que ce soit le seul contact qu'il aurait jamais avec elle. Leurs paumes se touchaient, mais ses sens se souvenaient du corps de Brianna pressé contre le sien dans la piscine, de son pouls sous ses lèvres.

Plus que ce qu'il n'avait jamais eu.

Mais pas assez à son goût.

La perspective de ne pas la revendiquer ne lui convenait

pas. La bête en lui rugissait, mais ne grognait plus à haute voix. C'était pour lui faire plaisir. Seulement pour lui plaire.

— Je peux mettre de la musique sur mon téléphone, proposa Brianna une fois refermées derrière eux les portes de la bibliothèque.

— Il y a une danse traditionnelle de mariage que je dois réviser. Je dois m'entraîner pour être au point.

Elle n'avait pas l'air de s'en réjouir. Parce que c'était une musique traditionnelle, ou parce qu'il avait évoqué son mariage ? Riyaz s'aperçut qu'il aimerait bien qu'elle soit un peu jalouse.

Ils trouvèrent une sorte de tutoriel sur Internet, le regardèrent ensemble, puis décidèrent de se lancer.

— Il faudra que je te prenne dans mes bras, l'avertit-il.

— Pas de souci, chuchota-t-elle.

Il s'avança et la posa contre son corps. Ils commencèrent à évoluer au rythme de la musique. Aucun souvenir ne le perturbait. Même si ses muscles se souvenaient de cette danse, qu'il avait apprise à l'adolescence, il avait l'impression d'être dans un autre lieu, à une autre époque - mais sans les flashback tragiques. C'était différent. Et lui aussi était différent. Comme si le poids du passé ne pesait plus sur lui.

Était-ce grâce à Brianna Whitman ?

— Votre père était un homme horrible, dit-il. Est-ce que toute votre enfance a été horrible ?

— Non. Parce que je ne savais pas que nous n'étions pas une famille normale. Je ne savais pas que mon père n'était pas comme les autres pères. Je pensais que j'étais heureuse. Je l'étais vraiment. Je pensais que peut-être... Je pensais que peut-être nous étions seulement un peu différents des autres. Nous avions une très grande maison derrière un grand portail.

Mon père était rarement là. Ma mère... Ma mère est partie quand j'avais environ onze ans. Mais je ne saurai jamais si c'est vraiment ce qui s'est passé. Parce que c'est à ce moment-là que j'ai commencé à comprendre que mon père n'était pas un homme bon. En fait, c'est un homme détestable. Je ne sais pas s'il a fait du mal à ma mère. Je ne sais pas si elle s'est enfuie et a dû se cacher, si elle n'a pas pu nous emmener, ma sœur et moi, à cause du danger que cela aurait représenté. Et je ne le saurai peut-être jamais. Cairo a essayé de la retrouver, mais il n'y est jamais parvenu. Quoi qu'il arrive, je ne lui en veux pas. Je sais que mon père n'aurait jamais eu de pitié pour elle. Si elle nous avait emmenées, il l'aurait poursuivie jusqu'à la fin de ses jours. Parce que nous n'étions rien d'autre qu'une garantie pour lui. Sa propriété. Il a marié ma sœur aînée à son bras droit. Et il ne restait plus que moi. Mais ce n'était pas le mariage qu'il voulait pour moi, comme je vous l'ai déjà dit. C'est à ce moment-là que j'ai compris qu'il ne m'aimait pas. Qu'il ne m'avait jamais aimée. Quelque chose s'est brisé, alors. Définitivement.

— Qu'avez-vous fait pour trouver la joie dans ces moments-là ? Parce que nous trouvons tous de la joie. J'ai grandi comme un prince gâté. L'héritier du trône. Très peu de choses m'ont été refusées. La seule liberté que je n'aurais jamais, je le savais, était celle de choisir ma propre épouse. Mais cela n'aurait pas influencé mon comportement, mes actions, mes décisions. Ils avaient choisi cette jolie Américaine pour moi, mais si je ne souhaitais pas coucher avec elle tous les soirs pour le reste de ma vie, je n'aurais pas été obligé de le faire. J'aurais pu prendre des maîtresses. Rien ne m'était interdit. À seize ans, le monde s'étendait devant moi, il m'appartenait. Je n'aurais jamais pu imaginer ce que cela ferait de tout perdre. Et pourtant, c'est ce qui est arrivé.

Il lâcha Brianna et claqua des doigts.

— Comme ça, en un instant, j'ai tout perdu. Mais je n'ai pas été malheureux pendant ces quinze années. J'ai cherché des moyens de survivre, pour ne pas sombrer dans la folie. Des moyens de rendre supportable ma survie. Qu'avez-vous fait pour rendre votre survie supportable ?

Riyaz se rendait compte qu'il voulait *vraiment* entendre la réponse à cette question. Désespérément. Plus que tout, en fait. Brianna le fascinait. L'intriguait. Il voulait tout savoir d'elle.

— Comme vous, j'aimais lire. J'aimais aussi les films. Les histoires de famille. Et j'aimais les sitcoms. Avec une morale, et où aucun personnage n'était en danger. Mes héros dormaient en sécurité à la maison tous les soirs, après avoir dîné autour de la table de la cuisine avec des parents et des frères et sœurs qui les aimaient. Cela me donnait l'espoir que ces choses existaient.

— Vous rêviez déjà de normalité.

— Oui. Je rêve de ce que j'ai vu à l'époque. Je rêve de cette harmonie que j'ai vue dans toutes ces maisons. J'en ai envie. Et je n'ai jamais pu l'avoir. C'est peut-être un peu ma faute. Ma situation avec Cairo est loin d'être normale. Et c'est moi qui en suis responsable.

Elle baissa les yeux, et une mèche de ses cheveux roux lui tomba sur le visage. Il tendit la main et la repoussa de son front. Elle leva les yeux vers lui.

— Peut-être que vous n'êtes pas normale. Et ce n'est pas une mauvaise chose. Je pense que vous êtes singulière, Brianna. Pourquoi devriez-vous renier votre personnalité pour correspondre à cet idéal ?

La tristesse voila son beau regard.

— Je veux être heureuse. Je veux vraiment être heureuse.

— Pas de la manière dont nous avons fait en sorte d'être heureux dans le passé.

Elle secoua la tête.

— Non. Pas de cette manière. Pas en se contentant des moments de joie tout en espérant des jours meilleurs, en espérant ressentir à nouveau le bonheur.

— Que ressentez-vous en cet instant ?

Ses joues rosirent.

— Dites-moi, reprit Riyaz. Vous n'avez pas à faire semblant avec moi ou à me raconter des histoires. Je méprise cela. Dites-moi ce que vous ressentez.

— Vous êtes très chaleureux. Et étonnamment bon danseur.

— J'ai été surpris de me souvenir de cette danse, avoua-t-il. Mais c'est comme nager, je suppose : ça ne s'oublie pas.

— Vous me faites... Vous faites battre mon cœur plus vite. Vous rendez mon corps beaucoup trop sensible.

Il nota qu'elle ne parvenait pas à le regarder. Le désir grandissait en lui, comme la lave d'un volcan prêt à entrer en éruption.

— Trop sensible pour quoi ? Est-ce que je peux vous aider ?

Elle fit alors un geste inattendu : elle lui toucha son visage, puis le bout de ses doigts glissa sur sa joue et le long de sa mâchoire.

— Je n'arrête pas de penser à ces moments de joie. Vivre pleinement ces instants, même si l'on sait qu'ils ne nous nourriront pas éternellement. Même si l'on sait qu'ils ne dureront pas. Je... Peut-être qu'il y a du vrai, là-dedans.

Sans réfléchir, il tourna la tête et pressa la bouche contre sa paume. Son érection se déployait, impérieuse, vigoureuse. Son désir était une bête furieuse, et il savait que s'il finissait dans un lit avec Brianna, il devrait trouver un moyen d'y aller doucement ; et de faire passer son plaisir à elle en premier.

Alors il remercierait tous les livres qui l'avaient laissé excité et insatisfait, parce qu'ils lui apparaîtraient pour ce qu'ils avaient été : des leçons. Ils lui avaient appris ce qu'était le plaisir féminin et la manière dont il fallait y faire face. Ils lui avaient appris qu'une femme pouvait atteindre son apogée encore et encore, même si un homme ne pouvait l'atteindre qu'une seule fois dans un laps de temps donné. Ils lui avaient appris toutes les façons d'exciter une femme.

Or il aurait besoin de ces leçons s'il voulait faire de Brianna sa maîtresse.

Quant à son propre assouvissement, il était lié à celui de la jeune femme. Il voulait qu'elle le désire. Il avait *besoin* qu'elle le désire.

Elle baissa les paupières, et un petit son torturé s'échappa de ses lèvres.

— Voulez-vous de moi ? demanda-t-il.

— Qu'est-ce que vous et moi pourrions bien savoir à ce sujet ? murmura-t-elle.

Il rit. Enfin, elle disait ce qu'elle pensait au lieu de se retenir !

— Je sais que ce que je souhaite, c'est t'embrasser jusqu'à ce que tu me supplies de continuer. Je sais que je dois y aller doucement, en taquinant tes mamelons par-dessus tes vêtements, en mettant ma main entre tes cuisses et en te caressant. Je sais que je dois te toucher jusqu'à ce que tu te cambres contre moi, jusqu'à ce que tu en redemandes. Et c'est seulement à ce moment-là que je devrai te le donner. Ou peut-être pas. Peut-être que je devrai me contenir. Jusqu'à ce que tu me supplies. Alors, et seulement alors, je commencerai à t'embrasser dans le cou, à dévoiler lentement ton corps, à exposer tes seins. Pour que je puisse les goûter. J'en ai envie. Ta peau. Et puis, j'embrasserai chaque centimètre carré de ton corps. Tu as le corps le plus magnifique qui soit. Te voir dans ce bikini m'a presque envoyé en enfer. Ou au paradis. J'embrasserai ton ventre. Je t'écarterai lentement les jambes. Alors je te contemplerai. Même si cela te gêne, même si tu rougis, même si tu m'implores. Je t'admirerai. À un moment, tu t'abandonneras. Tu me feras confiance pour écouter les signaux de ton corps et te donner le plaisir qu'il réclame. J'embrasserai l'intérieur de tes cuisses. Je te ferai frémir. J'embrasserai ton ventre. Alors tu me réclameras et je goûterai de ma langue et de ma bouche le point central de ta féminité.

— Riyaz..., haleta-t-elle, la voix tremblante.

— Ne souhaitez-vous pas en savoir plus ?

— Ce serait comme commencer un livre par la fin, non ?

Elle était séduite. Il en était certain. Elle n'avait pas dit non. Elle l'avait choisi. Lui. Et elle avait choisi ce désir qui crépitait entre eux comme un brasier. Le court moment de joie qu'ils pourraient trouver dans les bras l'un de l'autre.

— D'accord, découvrons la fin ensemble.

Elle lui sourit.

— Vous êtes vraiment étonnant.

— Et encore, je ne vous ai pas encore touchée...

Brianna le dévisagea durant de longues secondes.

— Riyaz, embrasse-moi. S'il te plaît.

Électrisé par sa demande et son subit tutoiement, Riyaz baissa la tête vers elle.

Brianna prit le visage de Riyaz entre ses paumes. Le contact de sa barbe la fit frissonner.

Elle avait envie de pleurer.

Soudain, sa bouche fut sur la sienne. C'était tout ce qu'elle avait imaginé, et bien plus encore.

Elle ne savait pas ce qui allait se passer après cela. À part qu'il allait épouser une autre femme. Et même si ce n'était pas le cas, il était l'héritier du trône de ce royaume, et cela n'avait rien à voir avec la vie de famille dans laquelle elle se projetait. Ils ne pourraient jamais être ensemble. Ses références à lui venaient des livres ; les siennes, de la télévision. Ils étaient des personnages factices qui jouaient à être réels. Mais pas l'un avec l'autre.

Ils avaient trouvé l'honnêteté dans leur relation, la *vraie* honnêteté. Elle voulait cet homme. Plus que tout. Et peut-être que ce moment était un cadeau. Alors, ce qui se passerait après n'avait pas d'importance.

Oui, songea-t-elle, le cœur en fête, ces quelques jours ou semaines d'honnêteté seraient un cadeau.

Riyaz était la première personne dont elle avait vraiment l'impression qu'elle pouvait la comprendre. Elle n'avait jamais pensé avoir un jour besoin de cela. Après avoir échappé à son père, elle avait revêtu un masque pour évoluer dans le monde. Elle avait ensuite appris à d'autres personnes à en faire de même – à tel point que c'était devenu son métier. Elle l'apprenait maintenant à Riyaz et, pour la première fois, elle avait des doutes quant au bien-fondé de sa tâche.

Peut-être que le problème des sitcoms était qu'elles se déroulaient en plateau. Elles n'étaient par nature pas réelles. Et elle non plus.

Sauf en ce moment : tandis que la langue de Riyaz cherchait la sienne, elle ne s'était jamais sentie aussi réelle. C'était comme si l'habileté délicate de ce baiser lui donnait de la consistance, de la densité, la rendait… *femme*. Et le désir qui enflait à l'intérieur de son corps n'était peut-être pas étranger à cette sensation.

Apparemment, Riyaz n'avait aucun problème à passer de la théorie à la pratique. Et il apprenait vite…

Il avait posé une de ses mains à l'arrière de sa tête, et son autre bras était étroitement enroulé autour de son corps. Il l'embrassa plus profondément. Brianna noua les mains derrière sa nuque. Ses seins étaient pressés contre son torse puissant. Son cœur battait la chamade. Tout son corps était en feu. Ce qu'elle avait vécu ou fantasmé jusqu'à présent n'avait été qu'une pâle promesse de cet embrasement de passion.

Pour elle, le désir s'enracinait jusqu'ici dans l'inconcevable, à l'image de celui, contrarié, qu'elle ressentait pour Cairo. Mais tout cela était flou, et Riyaz avait raison. Ce n'était qu'une histoire qu'elle s'était racontée, des images créées par son esprit dans un décor de série télévisée.

Mais cela n'avait aucune substance.

Ce n'était pas réel.

Ce qu'elle vivait dans les bras de Riyaz était réel. Concret. C'était vivant et tranchant. Il n'y avait rien de flou dans les battements furieux de son cœur, la sensualité de leur baiser, le ballet de leurs langues, la dureté de son grand corps viril. Il n'y avait rien de scénarisé dans leurs respirations haletantes, leurs gémissements, les bruits mouillés de leurs bouches.

C'était le besoin et le feu. La tentation.

Et quand Riyaz la souleva du sol et la porta dans ses bras comme un guerrier conquérant, elle sut qu'ils étaient seuls au monde.

C'était leur moment. Leur plaisir. Leur liberté.

Il ouvrit les portes de la bibliothèque et s'engagea dans le couloir. Il ne se souciait pas de savoir si on les voyait, et elle s'en moquait, elle aussi. Ils croisèrent peut-être des gens, il y eut peut-être des regards interrogateurs, mais Riyaz traçait son chemin. *Leur* chemin. Et Brianna aimait cette détermination inébranlable.

Peut-être plus tard aurait-elle des raisons de regretter. Peut-être s'en voudrait-elle. Mais elle aurait alors simplement commis une erreur. Son erreur. Parce qu'elle avait osé. Vécu l'instant présent. Répondu à l'appel du désir. Rien de grave, après tout. Pourquoi ne pas saisir cette opportunité d'avoir ce qu'elle voulait ? Elle était restée figée trop longtemps, dans l'attente d'un homme qu'elle ne pouvait pas avoir. Elle voulait

Riyaz, maintenant, alors demain ne lui importait plus. C'était son choix. Et l'assumer lui donnait un sentiment bienfaisant de puissance.

Riyaz ferma à clé la porte de sa chambre à coucher.

Le regard qu'il posa sur elle fit frissonner Brianna jusqu'aux tréfonds de son âme. Ce n'était pas un simple regard, c'était une promesse. Celle d'une expérience unique, d'un partage absolu hors du temps et du monde.

Personne d'autre ne pourrait comprendre.

Personne d'autre ne saurait jamais.

Il ôta sa chemise, puis s'approcha d'elle. Il saisit la fermeture Éclair de sa robe et la tira vers le bas. Le vêtement tomba au sol à ses pieds.

Brianna n'avait pas réfléchi à ses sous-vêtements en s'habillant le matin même ; elle le regrettait, à présent. Elle se tenait devant lui dans un simple ensemble en coton blanc.

Mais Riyaz ne semblait pas s'en préoccuper. Il avait reculé de deux pas et son regard affamé parcourait ses courbes, et elle ne s'était jamais sentie aussi belle qu'à cet instant.

Il s'approcha d'elle, la prit à nouveau dans ses bras et l'embrassa.

— J'ai une promesse à tenir, murmura-t-il contre sa peau.

Puis il l'embrassa jusqu'à ce qu'elle en ait le vertige. Son excitation lui faisait tourner la tête. Elle tremblait, prête à la supplier, comme il le lui avait promis.

Le contact de ses mains sur sa peau était presque insupportable tant tout son corps était sensible. Il plongea un regard brûlant dans le sien. Elle comprit alors que, quoi qu'il arrive après, elle le voulait. Elle voulait cette fusion. Elle voulait cet homme.

De nouveau, elle expérimenta cet aphrodisiaque sentiment

de toute-puissance. Elle faisait un choix, comme une fille tout à fait normale. Qu'il se révèle à l'avenir bon ou mauvais n'avait aucune importance.

Mais combien de filles normales avaient l'occasion de vivre leur première fois avec un homme comme Riyaz al-Hadid ?

Il était incroyable. Il y avait quelque chose de brut chez lui. Quelque chose de sauvage. C'était toujours étrange quand il commençait à parler de ses lectures : il ressemblait à tout sauf à un intellectuel.

Et puis il poussa ce grognement auquel elle était désormais habituée. Alors, Brianna comprit qu'elle était en présence de la moitié animale de Riyaz. Cet homme était capable de raisonner, d'être rationnel, de discuter de littérature et de philosopher sur les comportements humains, mais une bête farouche et indomptable demeurait tapie en lui.

Pourtant, elle se sentait en sécurité.

Il lui caressa la joue, puis arracha son soutien-gorge d'un mouvement brusque et inattendu. Elle ne put retenir un petit cri. De surprise, et pas parce que c'était désagréable ou trop violent. Pas du tout. C'était ce qu'elle voulait – se tenir à moitié nue devant lui. Elle s'en délectait. Des émotions brutes et débridées la traversaient, qui toutes la faisaient se sentir désirable, une déesse digne d'être adorée.

La vérité lui apparut d'un coup : les gens comme eux avaient dû apprendre à cacher leurs sentiments. Question de survie. Et quand ils leur lâchaient la bride...

— Donne-moi tout ! susurra-t-elle.

Les mots étaient sortis tout seuls. Elle ne les regrettait pas.

— Tout quoi ?

— Ta fureur. Tes sentiments. Tout ce que tu as toujours gardé pour toi. Parce qu'il le fallait, n'est-ce pas ? Pour survivre.

— Tu veux parler ?

— Non, je ne veux pas. Je veux *ressentir*. Tout ce que je ne me suis jamais autorisée à ressentir. Mais je veux que tu viennes avec moi. Je ne veux pas que tu me traites avec ménagement. Je ne veux pas que tu sois doux. Je ne veux pas que tu me considères comme une petite chose fragile.

— Tu regretteras peut-être d'avoir dit ça...

— Mais je l'ai dit. Donc maintenant tu sais. C'est mon choix.

— Très bien.

Il lui passa un bras sous les fesses et la souleva comme si elle ne pesait rien. D'une langue agile, il lui caressa un sein, puis l'autre. C'était tellement bon ! Il la porta jusqu'au lit, sur lequel il l'étendit. De nouveau, il la contempla, l'air ébloui, comme si elle était la huitième Merveille du monde.

— Maintenant, je peux voir l'intérêt et l'utilité d'un lit, dit-il avec un sourire carnassier.

Il enfonça son genou dans le matelas et se rapprocha d'elle. Il fit glisser son pouce sur un de ses mamelons. Une flèche de plaisir se planta entre les jambes de Brianna.

— Est-ce que c'est agréable ? demanda-t-il.

— Oui, souffla-t-elle. C'est... délicieux. Encore. S'il te plaît.

— C'est incroyable de penser que tu n'as jamais osé dire à mon frère que tu le désirais, mais que tu me supplies sans aucune retenue de te toucher. Sois toujours aussi honnête avec moi, Brianna. Je ne veux ni gêne ni honte entre nous.

Elle se mordit la lèvre lorsqu'il entreprit de pincer délicatement ses mamelons entre le pouce et l'index, les faisant rouler sous ses doigts. Puis ses mains descendirent le long de son corps. Il prenait son temps. Brianna savourait. Des étincelles couraient sous sa peau.

Riyaz descendit ses mains le long de son corps, les doigts forts et calleux la faisant frissonner lorsqu'ils se promenaient sur sa peau.

Il accrocha les pouces de chaque côté de sa culotte et la lui fit glisser le long des jambes. Et elle n'avait pas honte, comme si les mots de son amant avaient été une formule magique, une incantation qui l'avait libérée de ses inhibitions.

Oui, il était un magicien.

— Pendant quinze ans, j'ai pensé au corps d'une femme. Des morceaux de mon imagination assemblés à des images que j'avais vues. De quoi faire un diaporama érotique dans ma tête. Mais ce n'était rien comparé à toi. Comparé à la réalité de ta beauté. Tu es toutes les promesses tenues, Brianna. Tu es tout ce que je désire.

Il se pencha en avant et aspira son mamelon. Le grognement qui monta dans sa gorge l'honora. Elle commençait à aimer ce grognement. Elle s'arqua et Riyaz en profita pour sucer son autre mamelon. Il joua alternativement avec les deux, puis il fit glisser sa bouche le long de son ventre.

Il fit exactement ce qu'il avait promis et appuya les lèvres sur l'intérieur de sa cuisse, traçant un chemin jusqu'à ses boucles rousses. Elle haleta son prénom, ce qui parut lui faire perdre toute retenue, car, contrairement à ce qu'il avait affirmé, il ne continua pas à l'affrioler, mais plaqua sa large main sur ses fesses et plongea la bouche dans son triangle roux.

Il la butina, la goûta, la lécha, avec gourmandise, mais sans voracité, comme si elle était la somme de tout ce qu'on lui avait refusé. Il s'occupait de son clitoris avec une virtuosité étonnante. Traversée de décharges sensuelles, perdue dans des contrées érotiques inconnues – et avide de les explorer avec lui –, Brianna lui saisit les cheveux et lui maintint la tête entre ses jambes. Ce moment était parfait. Elle ne voulait pas en voir la fin. Elle ne voulait plus rien savoir de tout ce qui était extérieur à cette chambre, à eux deux, aux muscles de Riyaz qui roulaient sous sa peau hâlée.

Il la pénétra de sa langue avant de remplacer celle-ci par deux doigts. Des mots crus lui échappèrent et elle cria son prénom. Riyaz grogna. Le plaisir enflait en elle comme un ouragan qui devenait tornade. Elle allait être emportée comme un fétu de paille, balayée, le moment approchait...

Riyaz dut le percevoir, car le va-et-vient de ses doigts s'accéléra, tandis que sa langue habile continuait à exciter son clitoris.

Tout son corps se tendit et fut pris de soubresauts. Elle poussa un long cri.

Puis elle s'effondra sur le lit en haletant, avec l'impression d'avoir explosé en milliers d'étoiles scintillantes.

Quand Brianna rouvrit les yeux, alanguie, Riyaz était debout près du lit et posait sur elle un regard à la fois tendre, admiratif et gourmand. Elle s'aperçut que sa soif de sensualité n'avait pas disparu, bien au contraire.

Riyaz ôta lentement son pantalon et son caleçon d'un même mouvement.

Oh ! Mon Dieu...

Il était splendide ! Elle n'avait aucun point de comparaison, mais son sexe tendu lui parut vraiment long et épais. Pourtant, au lieu de l'inquiéter, ce constat lui mit l'eau à la bouche. Elle le trouvait tellement magnifique que si on lui avait donné un tableau représentant son amant dans sa glorieuse nudité, elle l'aurait accroché dans sa chambre.

Elle se mit à genoux et appuya les paumes sur son torse, qu'elle caressa en se délectant de sa musculature puissante.

— Tu es beau, Riyaz, murmura-t-elle.

Il lui saisit un poignet et lui embrassa la paume, puis le poignet, puis l'intérieur du coude. Elle en eut la chair de poule.

— Brianna, murmura-t-il. J'aime bien dire ton prénom.

— J'aime te l'entendre dire.

Sans hésiter, elle posa la main sur son érection. Elle ne parvenait pas à en faire le tour. C'était doux et dur à la fois, grisant.

Lorsqu'elle commença un lent mouvement de va-et-vient, il bascula la tête en arrière avec une expression extatique, les yeux fermés. Puis il les rouvrit et la regarda le caresser.

— Je ne veux pas rater ça. Tu es si belle dans cette position aussi !

Brianna se dit qu'elle pourrait être encore plus belle à ses yeux. Elle se laissa une fois de plus guider par son intuition et donna de petits coups de langue sur l'extrémité de sa virilité. Puis elle en prit une partie dans sa bouche. Son grognement la récompensa de son audace, de même que le léger balancement de ses hanches et le tremblement de tout son corps. Cette caresse était tellement excitante ! Et il était tellement gratifiant de donner du plaisir à un tel homme !

Alors qu'elle sentait que la maîtrise de Riyaz commençait à s'effilocher, et se demandait ce qu'elle devait faire, il s'écarta d'elle.

— J'ai besoin d'être en toi, Brianna. J'ai besoin de toi.

Il s'allongea près d'elle et l'embrassa langoureusement. Elle était prête à l'accueillir, brûlante. Elle n'avait jamais désiré quoi que ce soit plus ardemment. Il se plaça alors au-dessus d'elle, entre ses jambes, et la pénétra lentement. Elle ne put retenir un petit cri de surprise.

Riyaz se figea, tendu, l'air inquiet. Elle dévisagea cet homme qui essayait tant bien que mal de faire preuve de retenue. Cet homme qui était à elle et à elle seule. La joie qu'elle en retirait faillit éclater en elle comme un feu d'artifice.

Il était à elle.

Il était à elle.

Aucune autre femme ne l'avait jamais eu ainsi pour elle seule.

Il était à elle, et il était *en* elle.

Le premier. Le seul.

Ce qu'ils se donnaient l'un à l'autre était magnifique.

Elle pensa furtivement à la femme que Cairo allait ramener

ici. Elle ne pourrait pas vivre cela. Elle posséderait ces instants. Pour toujours.

D'un infime battement de cils, elle fit comprendre à Riyaz qu'il pouvait continuer. La légère douleur qu'elle avait ressentie au moment de la pénétration s'était estompée. Fascinée, elle regarda le sexe de Riyaz s'enfoncer dans le sien. Elle n'avait jamais rien vu d'aussi beau et excitant.

Il accéléra le rythme, puis s'arrêta net, laissant Brianna au bord d'un précipice de volupté. Puis il reprit ses mouvements puissants et rapides, et de nouveau s'arrêta au moment où elle allait jouir. C'était une exquise torture, qui toutefois devint frustrante au bout de la troisième fois. Brianna était éperdue de plaisir, son corps tremblant réclamait l'assouvissement.

— Ne t'arrête plus ! le supplia-t-elle.

— Je voudrais que cela ne s'arrête jamais, répliqua-t-il.

— Je t'en prie, Riyaz !

Elle s'accrocha à ses épaules luisantes de sueur, se releva légèrement et l'embrassa sur la bouche.

Alors, il replongea en elle de toute sa longueur, ressortit presque entièrement, et continua ainsi de plus en plus vite, de longues et profondes poussées, les mains agrippées à ses hanches. Soudain, il prononça son prénom dans un long cri rauque et une crispation de tout son corps. Le sentir venir en elle déclencha l'orgasme de Brianna, qui cria à son tour tandis qu'il poussait un grognement féroce.

Il roula sur le dos en retombant sur le matelas, l'emportant avec lui. Elle se retrouva blottie contre son torse. Elle percevait les battements frénétiques de son cœur.

— Tu es mienne, chuchota-t-il.

Elle lui caressa les cheveux, envahie par un profond sentiment de paix, comme elle n'en avait jamais ressenti auparavant.

— Tu es mien, murmura-t-elle en écho.

Même si elle savait qu'une fois cette parenthèse magique refermée ces affirmations ne seraient plus que des mensonges.

7

Lorsque Riyaz se réveilla dans l'obscurité, tout était doux. Il reposait sur un doux matelas, et un corps doux était allongé contre le sien. Qui ne lui faisait pas mal. Et il n'avait pas froid.

Il se sentait le même homme, et pourtant tout à fait différent.

Cela ne ressemblait à rien de ce qu'il avait connu auparavant. Et, pendant un moment, il résista à l'envie d'ouvrir les yeux. Résista à l'envie de se réveiller. Il n'avait jamais rêvé d'un moment aussi agréable.

Mais bientôt le soleil l'attira, et lorsqu'il ouvrit les yeux, ce fut Brianna.

— Bonjour, dit-il. C'était du sexe fantastique.

Elle ouvrit à son tour les yeux.

— C'est un joli bonjour, ironisa-t-elle.

— Je ne vois pas l'intérêt de nier la vérité.

— En effet. Mais peut-être devrais-tu travailler ton romantisme.

Il fronça les sourcils et réfléchit aux romans d'amour qu'il avait lus, et à la façon dont les hommes parlaient aux femmes dans ces livres.

— Je peux le faire, dit-il, avant d'enchaîner, grandiloquent : La chaleur de ton corps m'a réchauffé comme rien d'autre auparavant. Mais ce n'est pas surprenant, car tu es le soleil.

— Je suis quoi ?

— La première fois que j'ai revu le soleil, tu te tenais dans sa lumière.

— Oh ! Bien. C'est presque de la poésie. Je suis impressionnée.

— Je fais de mon mieux.

— Riyaz, je voudrais te demander quelque chose.

—Pourquoi me dire que tu veux me demander quelque chose et ne pas juste poser ta question ?

Il caressa son bras nu, puis remonta jusqu'à son épaule et son sein.

— Je ne peux pas me concentrer quand tu fais ça.

— La question semble importante pour toi, mais elle ne l'est peut-être pas pour moi.

— Veux-tu tout cela ? Veux-tu être roi ? Veux-tu diriger ce pays ?

— Je ne comprends pas...

— Est-ce que quelqu'un t'a déjà demandé ce que tu voulais ? Veux-tu épouser Ariel Hart, ou le feras-tu seulement par sens du devoir, parce qu'on t'a toujours dit que tu devrais épouser cette femme ? Et maintenant que tu es de retour sur le chemin...

— Tu dois comprendre qu'un membre de la famille royale ne fait pas ce qu'il veut. Ce n'est pas une option, ça ne se discute pas. Dans un foyer normal, on demande aux enfants ce qu'ils voudront faire quand ils seront grands. On choisit son avenir. Ce n'est pas le cas lorsque vous êtes l'héritier d'un trône. Quand vous êtes un futur roi, tout est décidé pour vous depuis bien avant votre naissance. Il existe une lignée qui remonte à des milliers d'années. À bien des égards, cela a rendu plus facile ma captivité. Une partie de mon travail consiste à endurer. Et c'est ce que j'ai fait.

— Qu'en est-il de ton bonheur ?

— Je n'ai jamais pensé à mon bonheur. À mes envies, oui, mais pas à mon bonheur. Je devais survivre pour prendre le trône. Il ne s'agit pas de ce que je veux. Cela n'a jamais été le cas.

— C'est très... triste.

— Peut-être. Mais il y a bien pire au monde que de naître dans un but dont on est sûr. Je n'ai jamais eu à remettre en question quoi que ce soit. Tout ce qui comptait, c'était le trône. C'est un symbole. Il est au-dessus de moi.

— C'est pour cette raison que tu ne ressens ni gêne ni honte ? Parce que tu es profondément enraciné dans ta fonction de roi et que rien de ce que tu diras ou feras ne t'enlèvera jamais cette certitude ?

— Exactement. J'étais peut-être dans un cachot, *habibi,* mais je n'étais pas l'imposteur. Je ne pourrais jamais l'être. Le sang de ma famille coule dans les pierres de ce palais. Et j'ai toujours été le cheikh, que je sois enfermé en sous-sol ou sur le trône. Alors, me demander si je veux m'asseoir dessus... Ce n'est pas vraiment une question : le trône, c'est moi.

— Mais il y a des moments, n'est-ce pas ? demanda doucement Brianna. Des moments de bonheur. C'est important, le bonheur.

— Celui-là restera gravé en moi, dit-il en lui touchant le visage. Je m'en souviendrai.

Elle se blottit tout contre lui. Riyaz ne pouvait nier qu'il appréciait cela. Il se dit qu'à la réflexion, il n'y avait pas de sentiment plus puissant que celui d'avoir donné du plaisir à une femme.

Le sien avait été incroyablement intense, c'était indéniable. En prendre était assez simple, mais celui que Brianna lui donnait parce qu'elle le désirait et celui qu'il était capable de lui offrir créaient une alchimie qui produisait de l'or pur. Et c'était quelque chose qui allait bien au-delà de la satisfaction sexuelle.

Il la regarda et essaya d'imaginer une autre femme à sa place. Ce qu'il voulait n'avait pas d'importance. Pas vraiment. Ariel

Hart serait le symbole approprié de son retour triomphal à la tête de Nazul. Brianna n'était personne. Venait de nulle part.

Mais elle était le soleil.

Toutefois, le soleil brillerait toujours. Il n'était pas nécessaire de le garder enfermé dans le palais pour que cela soit vrai.

— C'était une leçon très enrichissante, déclara-t-il.

Quand Brianna se raidit dans ses bras, il comprit qu'il s'agissait d'un cas de figure où l'honnêteté n'avait pas été le bon choix.

Brianna s'écarta vivement de lui.

— Une... *leçon ?* lança-t-elle d'un ton glacial.

— Oui. J'ai beaucoup appris, et j'aurai besoin de ces compétences pour...

— J'ai compris ce que tu voulais dire, coupa-t-elle. Et c'est terriblement offensant. Je ne suis pas une *leçon*. Et je ne comprends pas comment tu as pu dire ça après ce que nous avons partagé. Tu n'as pas l'impression que c'était... intime ?

Il la désirait. Il ne pouvait pas imaginer désirer quelqu'un d'autre. Mais elle ne s'intégrait pas dans sa vie, et ne le pourrait pas. Jamais.

Peut-être que tu pourrais la garder comme concubine, lui murmura une voix intérieure. *Ou seconde épouse.*

Il s'imaginait la couvrir de pierres précieuses. L'envelopper dans de magnifiques soieries. Faire d'elle le plus beau joyau du palais. Il aimait cela.

Pourtant, malgré ce qu'il s'était passé entre eux, sa personnalité profonde n'avait pas changé : il pourrait lui faire du mal ; faire du mal aux gens autour de lui. Brianna avait déjà beaucoup souffert. Trop. Elle avait vécu dans une maison avec un homme qu'elle craignait. Il ne pouvait pas lui infliger cela de nouveau.

Elle était sortie du lit et le dévisageait, l'air peiné.

— Écoute, je sais que tu te maries avec quelqu'un d'autre, mais j'étais loin de penser que j'étais une simple... *répétition !*

— Tu n'étais pas seulement cela. Je dis seulement qu'il est peut-être précieux de...

— N'essaie pas de t'en sortir, tu ne feras qu'empirer les choses. Je me sens comme une idiote. Je me sens idiote de t'avoir confié mon corps. J'ai pensé que cela signifiait quelque chose à tes yeux parce que c'était une première pour toi aussi. Je n'avais pas réalisé que c'était juste... une leçon.

— Tu as été heureuse, cette nuit, non ?

— Si. Mais je ne le suis plus maintenant.

Elle s'habilla rapidement. Riyaz se doutait qu'il devrait dire quelque chose, mais il était trop captivé par la vue de son corps pour trouver les mots.

Elle se détourna de lui et se dirigea vers la porte.

— Brianna...

— Non. Toi et moi, c'est fini. Je ne peux pas me donner à toi si c'est seulement un entraînement. Je n'ai jamais été avec un homme avant toi. Ce n'est pas anodin pour moi, et je me suis trompée en m'imaginant que ça ne l'était pas non plus pour toi.

Riyaz ne comprenait pas : n'avait-il pas prouvé en actes, par son engagement total, son abandon, que ce n'était pas anodin ? Il aurait voulu rester dans ce lit avec elle pour toujours. Mais il ne pouvait pas. C'était clair pour lui, et ça aurait dû l'être pour elle aussi. Il ne savait pas ce qu'elle voulait de plus. Et ça le rendait fou. Il était fatigué de ne pas comprendre.

Il la suivit dans le couloir sans prendre la peine de s'habiller.

— À quoi joues-tu ? demanda-t-il. Tu es venue dans mon lit en sachant que je devais épouser quelqu'un d'autre. Tu sais que je suis le cheikh. Tu sais...

— Je sais tout cela. Là, il est question de ce que tu m'as dit. Tu ne peux pas faire la part des choses ?

— Je suis désolé. J'essayais de te faire un compliment.

— C'était un horrible compliment. Contente-toi d'être ténébreux, sexy et bon amant. Mais n'essaie pas de m'apporter du bien-être ou de me rassurer. Tu n'es pas doué pour ça.

Il eut l'impression qu'elle lui plantait un couteau dans la poitrine.

— Ai-je le droit d'être blessé par cela ?

— Es-tu *vraiment* blessé ? Ou est-ce que tu demandes juste parce que tu voudrais que nous soyons à égalité d'une manière ou d'une autre ?

Elle ouvrit de grands yeux, comme si elle prenait conscience d'une réalité choquante.

— Mais tu es nu, Riyaz !

— Je m'en fiche. Je suis le cheikh. Tout le monde devrait se sentir honoré de me voir dans le plus simple appareil royal. Et si ce n'est pas le cas, ils peuvent détourner le regard. Ce n'est pas à moi de mettre qui que ce soit à l'aise ; ce serait plutôt l'inverse, d'ailleurs.

— Toutes ces années passées dans la solitude de ta prison, tu es sorti depuis quelques jours et tu crois que tu es le centre du monde ?

— J'étais la seule personne qui comptait dans mon cachot. J'y étais plus libre qu'ici. Je n'avais personne d'autre à prendre en considération. Brianna, je suis désolé que ce que j'ai dit t'ait blessée. J'ai beaucoup lu sur les sentiments, et la lecture permet de voir dans la tête des gens ; or je ne peux pas voir dans la tienne.

— C'est parce que tu ne peux pas voir dans ma tête, Riyaz, ou parce que les gens dans les livres ne sont pas réels ?

— Je n'en sais pas assez sur les sentiments des vraies personnes, c'est exact.

— Enfin, une parole de sagesse ! Lorsque tu auras une épouse, ne lui dis pas que tu as appris des façons intéressantes de lui donner du plaisir avec une autre. Les femmes n'aiment pas entendre parler d'autres femmes dans la chambre à coucher. Aimerais-tu que je te parle d'autres hommes ? Que je te dise que notre nuit a été pour moi une leçon profitable ? Et que la prochaine fois que je coucherai avec un homme, il bénéficiera de ce que j'ai appris avec toi ? Peut-être même que ce sera ton frère.

Elle lui tourna le dos et commença à s'éloigner. Riyaz grogna en lui attrapant le bras.

— Je ne voudrais pas avoir à démembrer mon frère, Brianna. Ne m'en donne pas l'occasion.

— Ce n'est pas moins violent que ce que tu m'as dit. Penses-y.

Sur ces mots, elle partit à grandes enjambées, le laissant écumant de rage. Et traversé par un autre sentiment qu'il aurait pu appeler « regret ». Mais il était le cheikh. Qu'il soit dans le cachot ou non. Qu'elle lui en veuille ou non.

Il était le cheikh de Nazul, rien ne pouvait changer cet état de fait.

8

Brianna claqua violemment la porte de ses appartements derrière elle, en colère contre elle-même. Elle avait été stupide. Une idiote absolue. Elle pensa à appeler Cairo pour faire le point, mais qu'y avait-il à dire ? Elle s'était comportée comme une imbécile et elle avait eu l'audace de se mettre en colère contre Riyaz parce qu'il était… parce qu'il était lui-même.

Elle l'avait pensé torturé à cause de son interminable séjour dans le cachot, mais elle se demandait presque si ce n'était tout simplement pas sa vraie personnalité d'être asocial et insensible. C'était peut-être d'ailleurs ce qui lui avait permis de survivre.

Dans ce cas, il n'y avait rien à faire puisqu'il ne s'agissait plus de lui faire retrouver un état psychologique qui serait antérieur à son emprisonnement.

Brianna se souvenait de la fureur qu'il avait manifestée dans la bibliothèque. Elle se souvenait aussi du moment où il l'avait prise dans ses bras la nuit précédente, et de la manière passionnée avec laquelle il s'était adonné à leurs ébats.

Il avait des sentiments, elle en avait la certitude. Elle ignorait seulement la manière dont il les reliait aux gens – ou pas. À ses yeux, était-elle la même qu'Ariel ? La personnalité, la singularité de la personne en face de lui avait-elle de l'importance ?

Peut-être qu'il lui parlait comme il parlerait à n'importe

qui. C'était peut-être l'autre facette de sa fascinante et brutale honnêteté. Peut-être qu'il dirait les mêmes choses de la même manière à tout le monde, et qu'il pourrait faire l'amour avec la même intensité à toutes les femmes.

Cairo se comportait un peu de la sorte dans ses relations sexuelles : la personne n'avait pas d'importance pour lui. Ce qui comptait, c'était le plaisir et la façon dont il pouvait le trouver. C'était peut-être la façon d'être des deux frères, dans le sang de Riyaz tout comme son droit au trône.

Elle gagna la salle de bains et prit une douche. Elle pleura en se frottant la peau, parce qu'elle avait l'impression de se débarrasser du contact des mains de Riyaz. Des traces de ses caresses et de ses baisers qu'elle avait tant appréciés. Elle tenait trop à lui. Elle était en colère contre lui, à présent. Pourtant, elle n'écartait pas l'hypothèse qu'il n'avait rien sous-entendu avec sa petite phrase si cruelle. Elle savait qu'il n'avait pas voulu la blesser. Il ne comprenait pas à quel point cela pouvait faire mal.

Est-ce qu'il s'en moquait... ?

Riyaz n'était pas un homme pour elle, c'était clair dès le départ. Néanmoins, elle s'était laissé emporter par la magie de l'instant et s'était dit que cela ne la dérangeait pas, que ce n'était pas grave si ce n'était pas pour toujours. Elle s'était dit qu'elle n'attendait pas plus de lui. Et pourtant...

Toute la journée, elle resta loin de lui. Le lendemain, elle ne prit pas plus la peine de le chercher.

Lorsqu'elle descendit à la salle à manger deux jours après leur prise de bec, une gouvernante lui dit qu'il n'avait pris aucun repas depuis quarante-huit heures.

— Où est-il ?

— Je pense qu'il est retourné dans son cachot, avança le majordome.

— Oh ! pour l'amour du ciel ! murmura-t-elle.

Il faisait une crise de colère, comme un enfant capricieux, supposa Brianna. Parce qu'elle était comme un jouet qu'on lui avait enlevé. Rien de plus. Alors il était au fond de sa cellule, en train de bouder. Voilà le genre d'homme exaspérant qu'était le cheikh Riyaz al-Hadid !

Elle poussa un soupir agacé. Toutefois, avant même qu'elle s'en rende compte, ses pieds l'entraînaient vers les sous-sols du palais. Pourquoi ne pouvait-elle pas rester loin de lui ?Pourquoi n'était-elle pas assez en colère pour se désintéresser de lui ? Elle aurait dû ne se préoccuper que d'elle-même et de sa propre douleur, et pourtant elle était encore attirée par lui comme par un aimant.

Riyaz était assis sur le banc, le regard perdu dans le vague. Puis il leva les yeux vers elle.

— Pourquoi t'es-tu éloignée de moi ? lança-t-il d'un ton rogue.

La question, directe, semblait expulsée de ses tripes. Comme à son habitude, il ne prenait pas de gants. Ne comprenait-il vraiment pas ?

— Parce que j'étais en colère contre toi. Tu affirmes vouloir de l'honnêteté, et pourtant, quand on t'en donne, tu ne sembles pas capable de la recevoir. De l'accepter. Alors que tu es loin d'être stupide. Donc je m'interroge sur ta sincérité. J'étais en colère contre toi. Tu m'as blessée. Tu n'aurais pas dû dire ce que tu as dit.

Il la regarda de haut en bas, comme s'il cherchait trace des blessures qu'elle avait évoquées.

— Je suis désolé.

— Es-tu désolé parce que tu sais que cela m'a fait du mal ? Ou désolé parce que *tu* m'as fait du mal ? Ou es-tu simplement désolé de ne plus pouvoir jouer avec mon corps parce que je me suis éloignée de toi ?

— Bien sûr que je suis désolé de ne pas pouvoir t'avoir à nouveau. Quel homme ne le serait pas ? Oui, je te veux. Pour plus d'une nuit. Oui, j'étais furieux que tu me prives de ta compagnie au moment des repas. Quel est l'intérêt de manger à table si je ne suis pas assis avec toi ? Autant retourner au cachot.

Dans la bouche de Riyaz, c'était une déclaration de sentiments ; et rien n'aurait pu la surprendre davantage.

— Riyaz...

— Laisse-moi.

— Non. Pas avant que tu n'aies compris que le cheikh ne peut pas piquer une crise et s'enfermer dans un cachot quand on lui refuse ce qu'il veut.

— Que dois-je faire, alors ?

— Je ne sais pas. Mais ne reviens pas ici. Ce n'est pas là que tu dois être. C'est un endroit où enfermer tes ennemis.

Il grogna.

— Je sais bien que je ne suis pas censé agir ainsi. Mais je m'aperçois que je m'en fiche.

— Mais tu te soucies de mes sentiments, non ?

— Oui, c'est vrai. Je me soucie aussi du fait que si tu es en colère contre moi, tu ne coucheras pas avec moi. Mais je me soucie de tes sentiments.

— Riyaz, c'est en partie ma faute. J'aurais voulu que tu sois quelqu'un que tu ne peux pas être. C'est inutile. Tu ne peux pas me donner ce que je veux.

— Une famille normale.

Ce n'était que la partie émergée de l'iceberg, mais elle n'allait pas le lui avouer. Pas question de mendier son affection !

— Exactement. La vie ici n'est pas celle dont je rêve et ne le sera jamais. Donc, vouloir que tu me donnes quelque chose de plus, quelque chose de romantique, je suppose, ce n'est pas vraiment juste de ma part. Mais ce qu'il y a, c'est que... je ne voulais pas penser à toi avec *elle*.

— Jalousie ?

— Oui. Je t'ai proposé de m'imaginer avec un autre homme, mettant à profit mes nouvelles... compétences, tu t'en souviens ?

Il poussa un nouveau grognement.

— Exactement ! T'imaginer avec une autre me donne aussi envie de grogner. Nous savons tous les deux que c'est ce qui nous attend, mais ce n'est pas quelque chose que je voulais entendre quand nous étions au lit ensemble.

Il lui posa la main sur la joue et l'embrassa sans crier gare. Un baiser dur, profond, exigeant. Sa langue glissa contre la sienne.

Brianna ne put rien faire d'autre que lui rendre son baiser.

Parce qu'il était intense. Délicieux.

Parce qu'elle désirait cet homme, même s'il l'avait exaspérée. Parce qu'elle tenait à lui. Parce que si son esprit était embrouillé au possible, elle ne voulait rien ni personne d'autre.

— Fais-moi l'amour ici, ordonna-t-il. Tu m'as mis dans un lit, c'est ton monde. Fais-moi l'amour dans *mon* monde. Parce que cet endroit explique pourquoi je suis moi.

Ce plaidoyer lancé d'une traite et d'une voix rauque fit tomber les dernières barrières de Brianna. Elle lui ôta sa chemise et il la débarrassa de son chemisier. Elle s'attaqua à son pantalon tandis qu'il lui retroussait sa jupe et repoussait sa culotte sur le côté. Elle était excitée en diable, prête à accueillir son érection déjà déployée. Elle se jucha à califourchon sur ses genoux et descendit sur son sexe, qui l'emplit aussitôt.

Oh !

La sensation était extraordinaire. Elle commença à le chevaucher en ondulant le bassin. Et chaque poussée de ses hanches contre celles de son amant était une déclaration.

Possessive. Il était en elle, mais c'était elle qui le possédait. Le réclamait. Encore et encore. Lorsqu'il lui saisit les cheveux à l'arrière de la tête et plaqua la bouche contre la sienne, elle comprit qu'il la réclamait, lui aussi. La marquait de son sceau royal.

Comment pourrait-il y avoir quelqu'un d'autre ?

Et pourtant, il y aurait quelqu'un d'autre. Parce qu'ils venaient de deux mondes différents et qu'elle ne voulait pas de celui de Riyaz al-Hadid.

Et qu'une autre femme lui était promise.

L'orgasme la cueillit dans un grand frisson qui semblait ne jamais vouloir cesser – et s'intensifia même lorsque Riyaz jouit à son tour, avec un rugissement sexy.

Alors, ils s'agrippèrent l'un à l'autre dans l'obscurité. Riyaz posa la tête contre son sein.

— C'est bien, que nous ayons partagé ça ici. Je crois que ça a guéri quelque chose en moi.

— Et si nous allions dans les jardins ? chuchota-t-elle. Tu es déjà sorti du palais depuis ta libération ?

Il l'embrassa dans le cou.

— Pas encore.

Brianna hocha la tête. Certaines choses allaient prendre du temps.

Brianna ne s'attendait pas à ce que les choses s'accélèrent à ce point. Un religieux du royaume venait en effet d'arriver au palais, et lorsque Riyaz le reçut, le saint homme n'y alla pas par quatre chemins :

— Je reviens du désert, Altesse. Je n'ai aucune envie de faire du mal à qui que ce soit, mais je suis obligé de vous dire la vérité. Votre frère, Cairo, a épousé votre promise.

Elle vit une rage noire crisper les traits de Riyaz. Et son propre cœur se brisa en deux.

Ariel avait épousé quelqu'un d'autre. Elle ne réalisa que quelques instants plus tard que… Cairo était marié !

Cairo, dont elle s'était crue amoureuse avant sa rencontre avec Riyaz.

Tout s'éclaira brusquement dans son esprit. Elle n'était plus amoureuse de Cairo. Et le malheur, c'était que Riyaz ne pouvait plus la choisir à la place d'Ariel. Ce choix lui avait été retiré, parce qu'Ariel n'était plus disponible.

Espèce d'idiote ! Tu ne veux pas qu'il te choisisse. Tu ne veux pas rester ici. Quel genre de vie serait-ce, avec un homme comme lui ?

— Brianna, nous devons aller dans le désert, décréta Riyaz.

— Tu n'es même pas encore sorti du palais !

— Cela n'a pas d'importance. Je décide que nous devons le faire, donc nous le ferons. Le désert se pliera à ma volonté.

Elle se retrouva donc dans un hélicoptère, crispée sur son siège, paniquée. Elle n'aimait pas ça du tout. Elle respirait par à-coups, tremblait de tous ses membres, incapable de se contrôler.

À ses côtés, Riyaz n'avait jamais eu l'air aussi sauvage. Indomptable. Elle ne savait pas quoi en penser. Il était manifestement en proie à la jalousie, alors que son frère avait épousé une femme qui lui était destinée, certes, mais qu'il n'avait pas vue depuis quinze ans. Il semblait évident que ce qu'il s'était passé entre eux deux n'avait aucune importance pour lui.

Elle craignait que Riyaz ne veuille faire couler le sang de Cairo. Elle ne savait plus ce qu'elle ressentait pour lui. Elle était perdue, et ce satané hélicoptère lui donnait des sueurs froides.

Riyaz restait de marbre, immobile, tandis qu'ils survolaient le désert dans le vrombissement des pales. Il découvrait cette sorte de liberté pour la première fois depuis des années, mais c'était comme s'il avait actionné un interrupteur pour se couper de ses émotions. Comme si rien de tout cela n'avait d'importance. Sans doute la façon dont il compartimentait les situations, avec une efficacité brutale, l'avait-elle aidé à survivre, mais elle trouvait cela dérangeant. Douloureux.

Soudain, elle aperçut une tente sous l'hélicoptère au milieu du sable doré du désert.

— Ici ! lança Riyaz au pilote.

L'hélicoptère descendit brusquement et, dans un réflexe, Brianna ferma les yeux et s'accrocha au bras de Riyaz.

Une fois l'appareil posé, Riyaz en bondit. Lorsqu'elle le vit debout sur le sable du désert, elle ne put s'empêcher de penser qu'elle vivait un moment unique, capital. Parce qu'il était enfin là, sur le sable, tel qu'il devait être, comme un seigneur du désert. Mais elle n'eut pas le temps de s'attarder sur cette pensée : déjà, il se dirigeait vers la tente.

Brianna se précipita à sa suite.

— Riyaz, cria-t-elle pour couvrir le bruit du rotor. S'il te plaît, ne fais rien de...

Il ouvrit le rabat de la tente. Brianna, effrayée, vit Cairo faire face à son frère, prêt à se battre, lui sembla-t-il avec un coup au cœur.

— Enfin je te retrouve ! lança Riyaz avec force. Et avec ce qui m'appartient.

— Désolé, répliqua Cairo, mais Ariel ne t'est plus promise. Je l'ai épousée. Et nous venons de passer notre nuit de noces.

— Je vois...

Il fit du regard le tour de la tente, évaluant visiblement la situation. Brianna percevait une noire énergie vibrer en lui ; aussitôt, elle se souvint de la façon dont il s'était effondré dans la bibliothèque. Elle lui toucha le bras. Il se raidit sous ses doigts, puis sembla revenir à lui.

— Qu'est-ce qu'il y a ? demanda-t-il en se tournant vers elle.

— Tu ne veux pas tuer ton frère, n'est-ce pas ?

Riyad lui prit le menton dans sa grande main possessive et plongea un regard noir et intense dans le sien.

— Je n'en ai pas l'intention, *habibi*.

Il se tourna vers Cairo, et Brianna ressentit de nouveau sa rage :

— Le donjon conviendra très bien, poursuivit-il.

— Le donjon ? répliqua Cairo. Vraiment ? Et y jetteras-tu aussi Ariel ?

— Je suis le cheikh. Je peux l'épouser si je le souhaite, qu'elle soit ou non liée à toi. Ou alors je pourrais l'enfermer avec toi. Ou prendre deux femmes.

— Deux épouses ? s'étonna Cairo.

— Oui. Car j'ai déjà décidé qui j'épouserai en premier.

Brianna eut l'impression que l'air se raréfiait soudain dans la tente. La tête lui tournait légèrement.

— Tu as dit que tu voulais épouser Ariel, dit Cairo.

— Non. Je t'ai dit de me l'amener, mais je ne t'ai pas dit pourquoi. J'avais pensé l'épouser. Mais j'ai changé mon fusil d'épaule.

— Qu'est-ce à dire ? demanda Cairo.

— J'épouse Brianna.

Brianna avait froid, très froid, mais aussi très chaud. Sa vue s'était brouillée. Elle cilla et se racla la gorge, avec l'impression d'avoir avalé du verre pilé.

— Riyaz, je..., bredouilla-t-elle d'une voix râpeuse.

— Il n'y a pas de discussion possible, la coupa Riyaz. Tu es à moi. N'ai-je pas fait en sorte que tu le deviennes, ces derniers jours ?

Brianna piqua un fard. Il ne faisait aucun doute que Cairo avait déjà compris ce qu'il s'était passé entre Riyaz et elle. Leur passion était incendiaire, mais de là à se marier... ?

D'autant que son amant n'avait jamais semblé vouloir autre chose d'elle que du sexe.

— Je vois que la situation est compliquée, dit Cairo. Comment oses-tu faire irruption dans ma tente alors que tu as déjà décidé de ce que tu allais faire ?

— Je n'ai pas dit oui, intervint Brianna, qui se tourna alors vers Riyaz. Je ne t'appartiens pas, Riyaz. Je ne vis pas ici. Je ne suis pas citoyenne de ce pays. Je ne suis pas...

— Tu es à moi, maintenant, la coupa-t-il. Nos corps ne mentent pas. Tu as couché avec moi et tu seras ma femme.

Le feu monta aux joues de Brianna. Elle jeta un regard assassin à Riyaz :

— Tu n'es pas obligé de dévoiler...

— Ne t'inquiète pas pour ça, Brianna, l'interrompit Cairo.

La voix ferme d'Ariel s'éleva dans la tente, et tous se tournèrent vers elle :

— Dites donc, les deux mâles alpha, vous pourriez nous demander ce que nous voulons, non ? Ce n'est pas parce qu'une femme couche avec vous qu'elle veut vous épouser. Ce n'est pas parce qu'un père destine sa fille à un homme qu'elle est obligée de l'épouser !

— Tout à fait ! approuva Brianna.

— C'est fait, dit Cairo à Ariel, tu es ma femme.

— Je ne suis pas la sienne, dit Brianna avec un signe de tête en direction de Riyaz.

Il la toisa de toute sa hauteur.

— Tu le seras. Bientôt. D'ailleurs, nous pourrions peut-être trouver quelqu'un ici pour le faire.

La panique prit Brianna à la gorge.

— Le roi ne peut pas se marier dans le désert, déclara Cairo. Il faut que le mariage soit symbolique pour la population.

— Tu n'as pas à me donner d'ordres. J'ai passé assez de temps à en recevoir en captivité.

— Mais cela ne semble pas te déranger de mettre d'autres personnes en captivité, lui lança Ariel. Je suis heureuse que tu sois en vie, Riyaz. Vraiment. Mais cela ne te donne pas le droit d'agir comme un monstre.

— Monstre ou pas, vous venez tous les deux avec moi à Nazul. Ces petits jeux ont assez duré. Il est temps que commence mon règne.

Quelques instants plus tard, ils prirent place tous les quatre dans l'hélicoptère. Brianna se sentait honteuse au dernier degré, assise à côté de Cairo, avec Riyaz en face d'elle à côté de la belle et délicate Ariel.

Cette fois-ci, son esprit était tellement encombré de questions et d'inquiétudes que le trajet en hélicoptère ne l'angoissa pas le moins du monde.

Un mariage…

Elle pourrait dire adieu à ses rêves de vie normale. Elle avait aimé Cairo en secret des années durant et n'avait jamais fait un mouvement vers lui parce qu'elle savait qu'il ne pourrait pas lui donner ce qu'elle espérait – un doux foyer et une famille modèle.

Et maintenant, Riyaz pensait qu'elle pourrait l'épouser ? Vivre dans un palais ? Devenir membre de la famille royale ?

Tu as posé les mains sur lui. Tu n'as jamais vraiment désiré Cairo. Pas comme ça. Pas comme tu désires Riyaz.

Voulait-il seulement sauver la face après que Cairo lui avait pris sa fiancée ? Qu'est-ce qui était le pire : être forcée de se marier et perdre son dernier espoir de vivre une vie normale ou être forcée d'épouser un homme qui ne le faisait que pour se venger de son frère ?

Le trajet de retour lui parut plus court. Des employés du palais escortèrent Ariel et Cairo à l'intérieur du bâtiment. Riyaz s'attarda un instant, le regard rivé sur le désert. Le soleil illuminait son visage noble de fier guerrier. Même en colère contre lui, Brianna communia en silence avec lui, consciente qu'il prenait pour la première fois toute la mesure de sa liberté nouvelle. Il était simplement là. *Entièrement là*. À l'extérieur. Dans la lumière.

— Rejoins-les à l'intérieur, lui dit-il après un long moment.

— Riyaz... Tu ne peux pas exiger que je t'épouse.

— Bien sûr que si. Tu es ici, et je suis le cheikh.

— Tu as été retenu prisonnier dans un cachot. Et tu voudrais à présent faire de moi ta prisonnière ?

— Le monde entier exige de nous des choses que nous ne souhaitons pas forcément. Et ceci n'est pas un cachot.

Puis il tourna les talons et gagna le palais, la laissant méditer sur son sort.

Assis sur le trône, Riyaz écoutait Cairo l'agonir de reproches :

— Comment oses-tu me faire la guerre alors que tu as pris mon amie et que je t'avais dit qu'elle était fragile ?! Tu as...

Riyaz fit un geste de la main, coupant la parole à son frère.

— Ne me parle pas ainsi. Tu sembles penser que parce que tu as vécu libre pendant toutes ces années, tu en sais plus que moi. Que tu as le droit de donner des ordres, de me dicter ma conduite. Tu as tout manigancé, et tu cherches à tirer les ficelles avec moi comme si j'étais ta marionnette.

— C'est un mensonge. Tout ce que j'ai entrepris l'a été pour ton bien. Sauf mon mariage. Mais je veux Ariel. Et je la veux depuis le début.

Il marqua une pause, avant de reprendre d'une voix altérée :

— J'ai... je me suis occupé d'elle depuis mon enfance. Et c'est... J'ai eu l'impression d'une trahison, à l'époque. D'une folie. Et quand je me suis retrouvé avec elle, quinze ans après, j'ai découvert que je ne pouvais pas la laisser t'épouser. Elle ne pouvait être que ma femme.

Riyaz ne voulait pas épouser Ariel Hart, pas plus qu'il ne voulait avoir deux épouses. Il voulait Brianna, il n'y avait pas de place pour quelqu'un d'autre. Et, à présent, il se demandait pourquoi il n'avait pas fait cette déclaration dès qu'ils s'étaient retrouvés tous les quatre dans la tente de Cairo.

Il n'y avait qu'elle. Brianna.

« Et tu voudrais à présent faire de moi ta prisonnière ? »

Elle ne serait pas prisonnière. Et, de toute façon, on lui avait déjà trop refusé. Il l'aurait. Il la garderait. Il lui donnerait plus que ce qu'elle n'avait jamais reçu. Peut-être que cela avait été une grande déception pour elle d'apprendre que Cairo avait épousé une autre femme. Jamais plus elle ne serait déçue.

— Tu vas me tuer ? demanda-t-il à brûle-pourpoint.

— Non. Assez de sang a été versé dans ces couloirs. Et puis je ne vais pas te tuer pour une femme que je ne veux pas. Je veux Brianna.

— Et Brianna, te veut-elle ?

— Quand elle est nue avec moi, je t'assure qu'elle me veut.

Cairo grimaça. Apparemment, il n'appréciait pas sa franchise...

— Elle n'avait pourtant pas l'air de vouloir t'épouser.

— Ariel ne le voulait pas non plus. Et toi, voulait-elle t'épouser ?

— C'est différent.

— Pourquoi ? Parce que Brianna est ton amie, et que tu es possessif envers elle ?

— As-tu décidé de l'épouser seulement pour t'en prendre à moi ? N'est-elle qu'un dommage collatéral, à tes yeux ?

— Tu l'aimes ?

— Non, répondit Cairo, sourcils froncés. Pas au sens où tu l'entends.

— Elle, elle t'aime.

Cette réalité le faisait beaucoup souffrir, mais puisque

Brianna le lui avait avoué, pourquoi Cairo ne pourrait-il pas être au courant ?

— Elle ne m'aime pas vraiment. Elle m'idolâtre parce que je l'ai sauvée. Ce n'est pas la même chose.

— Si, c'est pareil. Elle t'aurait choisi, mais elle est attirée par moi. Elle ne peut pas y résister. Les corps..., soupira-t-il. Je n'en avais aucune expérience. C'est enivrant. Une drogue.

— Épouse-la alors. Mais tu dois organiser une cérémonie qui donne de l'espoir à notre pays. Et la mariée doit avoir l'air consentante.

— Je m'en occuperai. Et il n'y aura aucune conséquence pour Ariel et toi. C'est aussi une bonne chose, je pense, ajouta-t-il lentement, l'air pensif. Oui, c'est une bonne chose. Qu'elle se marie avec toi ou avec moi, le résultat final est le même : cela corrige une injustice. Ainsi, son père n'a pas le dernier mot ; et cela peut soigner quelque chose. Pour notre peuple.

— Tu n'es pas si mal en point que tu me l'avais laissé croire.

— Je l'étais. Brianna a été remarquable. Nous annoncerons au peuple à la fois que tu es marié et que je vais l'être. Ce sera une excellente première apparition publique.

— Tu devras te faire couper les cheveux, dit Cairo.

— Non. Il y a certaines choses de mon vécu que je ne peux pas effacer, dit-il en montrant les cicatrices sur son visage, et il y a certaines choses que je choisis de garder. Je ne serai jamais le roi que notre père a été. Après ma captivité, c'est impossible. Mais je m'efforcerai de regagner chaque année que j'ai perdue. Chaque année que nous avons tous perdue. Je serai le dirigeant dont Nazul a besoin. Sur ce point, tu peux me faire confiance. Bon, reprit Riyad après un temps, il y a dans ce palais des appartements réservés pour ta femme et toi. Des appartements adaptés au nouveau chef des armées. Nous avons tous nos responsabilités, n'est-ce pas ?

Cairo le regarda avec dureté.

— Tu l'aimes ?

Tout en Riyaz rejetait ce qui pouvait ressembler au sentiment amoureux – et à ses implications et conséquences. Il devait garder ses émotions sous contrôle, car elles faisaient de lui une bombe à retardement susceptible d'exploser à n'importe quel moment. Pour protéger Brianna, il devait se maîtriser.

— Je n'aime pas, dit-il. Mais je la veux. Et je l'aurai. Tu ne m'arrêteras pas.

— Je ne le ferai pas. Parce que j'ai la femme que je veux. Tu as aussi le droit à ce bonheur. Mais il faudra prendre soin d'elle.

— Je le jure sur ma vie. Je ferai tout ce qu'il faut pour la rendre heureuse.

— Bien. Nous devrons annoncer mon mariage et le tien. Tu devras être prêt à affronter la nation.

— Je suis prêt, déclara Riyaz.

— Tu en es sûr ?

— Brianna s'assurera que c'est le cas.

— Tu te reposes beaucoup sur ta fiancée, on dirait.

Riyaz acquiesça. Son frère avait raison.

— Parce qu'elle est forte.

Et s'il avait une certitude, c'était bien celle-là.

9

Brianna accompagna Ariel dans sa découverte du palais. Elle n'était pas jalouse, mais elle n'était pas non plus totalement résignée à la perspective d'épouser Riyaz. Elle n'était pas sûre de savoir ce qu'elle voulait. Elle ne pouvait pas s'imaginer quitter Riyaz. Toutefois, elle avait toujours en tête son fantasme de vie normale.

— Mon mariage avec Cairo va être annoncé publiquement, dit Ariel.

— Vous avez été préparée toute votre vie à épouser l'un des deux frères. J'imagine que ça ne doit pas être trop... déstabilisant ?

Ariel secoua la tête.

— C'est bizarre. J'aime Cairo depuis que je suis petite, mais j'ai longtemps pensé qu'il était mort. Et que, même s'il avait survécu, je ne le reverrais jamais. Alors, m'imaginer me marier avec lui... Je ne me suis jamais sentie proche de Riyaz. Il n'y a jamais eu de connexion entre nous. J'étais malheureuse au palais, sauf quand j'étais avec Cairo. Mais les années ont passé, et les choses sont plus compliquées, aujourd'hui. Il était différent quand il était adolescent.

— Mais vous l'aimez toujours, non ? demanda Brianna.

— Et vous ?

— Oui, répondit-elle avec honnêteté. Mais en tant qu'ami.

J'ai pensé pendant un temps que je pourrais vouloir de lui. Parce qu'il était l'homme le plus gentil et le plus merveilleux que j'aie jamais connu. Parce qu'il prenait soin de moi sans rien demander en retour. C'était nouveau pour moi. Je voulais qu'il m'aime, parce que je pensais que nous pourrions peut-être nous guérir l'un l'autre, trouver ensemble un équilibre, une normalité, mais aussi quelque chose de merveilleux et de spécial. Je sais désormais que cela ne sera jamais le cas. Parce qu'il est mon ami, pas l'amour de ma vie.

— C'est Riyaz ?

Cette question la terrifia. Elle ne voulait vraiment pas y répondre. Car si Riyaz était l'amour de sa vie, alors qu'est-ce que cela disait de sa propre santé mentale ? Une femme équilibrée pourrait-elle désirer vivre dans ce palais, avec cet homme tellement abîmé ?

Alors même qu'elle se posait ces questions, elle eut la certitude qu'elle souhaitait l'empêcher de se briser en mille morceaux. Et puis quelqu'un la connaissait-il aussi bien que lui ? Quelqu'un avait-il déjà essayé de la découvrir d'une manière aussi totale, sincère, *réelle ?*

— Riyaz est compliqué. C'est comme s'il s'était... imprimé en moi. Je ne trouve pas de meilleure image. J'ai été la première femme qu'il a vue en sortant de son cachot. Mais je ne sais pas s'il sait ce qu'il veut.

— S'il ressemble à Cairo, il sait parfaitement ce qu'il veut. Et il a déjà décidé, quoi que nous en pensions.

— Oui, mais sait-il ce qu'il ressent ?

— Et vous, savez-vous ce que vous ressentez ? C'est peut-être la première question à vous poser, dit Ariel d'une voix douce.

Les jours suivants, Brianna avait souvent repensé à ces paroles étrangement réconfortantes d'Ariel. Après tout, qu'importait son rêve de mener une vie normale si ce qu'elle vivait avec Riyaz la rendait heureuse ? Peut-être qu'elle était trop abîmée, trop brisée, pour aspirer à une vie normale ; peut-être n'était-ce pas son destin.

Riyaz sait ce que je veux.

Cette vérité résonnait dans tout son être. Et la mettait horriblement mal à l'aise. Oui, il savait ce qu'elle voulait, elle en avait la certitude. Et, au fond d'elle-même, elle le savait aussi : elle voulait cet homme. Et que leur histoire soit plus belle, plus forte, plus intense qu'elle ne l'était.

Elle était désormais prête à accepter tout ce que cela impliquerait.

Devait-elle se traiter d'idiote, ou au contraire louer sa détermination toute neuve ? De toute façon, quoi qu'elle dise ou fasse, Riyaz s'apprêtait à annoncer son mariage au balcon du palais, devant son peuple, en même temps que serait annoncé celui de Cairo avec Ariel.

Et elle devait décider de ce qu'elle allait faire, trouver un moyen d'exercer sa propre volonté.

C'était la seule manière de se faire respecter de Riyaz.

Dans son discours, Cairo avait déclaré que son mariage avec Ariel Hart guérirait les blessures du pays. Quand Riyaz avait pris la parole, il avait informé son peuple de son futur mariage, sans dévoiler l'identité de sa fiancée. Il avait promis de rassembler la nation.

Ils l'avaient fait, et cela avait été une magistrale opération de relations publiques.

Il avait préparé cette première apparition publique avec son frère. Durant ces quelques jours, jamais Brianna n'était venue dans son lit. En partie parce qu'il n'était pas tout à fait certain qu'elle voudrait de lui après la façon dont sa demande avait été accueillie...

Peut-être s'était-il agi moins d'une demande que d'un ordre, se dit-il. Et pourtant, il la désirait. Mais ce désir lui semblait très éloigné de ce nouveau rôle qu'il devait apprendre à jouer et de la fonction qu'il devait désormais assumer. Aujourd'hui, il était officiellement le cheikh de Nazul. Il était une personnalité publique. Il avait des responsabilités. Son peuple savait qu'il n'était pas mort et qu'il était de retour, sur le trône.

La conséquence première, c'était qu'il sentait sa liberté lui échapper. Il appartenait à son royaume, à présent, alors qu'auparavant il n'avait à répondre que de lui-même.

Lesté de ces pensées, il décida de sortir pour la première fois depuis sa libération dans la grande cour du palais. Il retrouva les murs blancs et les mosaïques de ses souvenirs, ainsi que les odeurs de jasmin, de fleur d'oranger et de gardénia.

Juste à côté de la fontaine, au centre de la cour, il vit Brianna. Elle était assise, vêtue d'une robe blanche, les épaules découvertes, ses cheveux roux comme un rideau de cuivre drapé sur ses épaules.

— Brianna.

Elle leva les yeux vers lui, et son cœur manqua un battement. Soudain, il fut envahi par le désir qu'il avait d'elle. C'était comme si le cadre enchanteur sublimait sa beauté.

— Qu'est-ce que tu fais ici ? lui demanda-t-elle.

— Je suis venu revoir la cour. Et que tu y sois me semble... c'est comme un signe. Nous allons nous marier dans huit jours.

— Ah bon ? Normalement, il faut s'assurer que la mariée est disponible avant d'affirmer une telle chose.

— Tu sais comment c'est, entre nous.

— Ce que je sais, c'est que tu as besoin d'une femme, et il se trouve que je suis là, célibataire. Peut-être que je suis une option acceptable...

— Tu te trompes. Tu sais ce que nous ressentons l'un pour l'autre.

— Tu parles de l'attirance sexuelle ?

— Oui. Mais comme ni toi ni moi n'avons jamais ressenti une telle attirance avec quelqu'un d'autre, c'est significatif.

— Un peu plus significatif pour celui de nous deux qui n'a pas passé les quinze dernières années dans un cachot, ironisa-t-elle.

Il la dévisagea, essayant de comprendre pourquoi elle le poussait sans cesse dans ses retranchements. Était-ce à cause de la famille de sitcom dont elle rêvait ? Elle était suffisamment intelligente pour savoir que quoi que l'on attende de sa vie, on n'était pas sûr de l'obtenir.

— J'ai vécu quinze ans dans un cachot. Tu as vécu quinze ans avec un homme qui ne se souciait pas de toi. Nous avons tous deux connu de longues périodes d'injustice dans nos vies. N'est-ce pas déjà un cadeau de ressentir ce désir partagé ?

— Je ne sais pas, dit-elle d'une voix étranglée. Je ne sais plus ce que je suis censée vouloir.

Riyaz, lui, savait ce qu'il voulait : revenir à l'évidence, à ce qui lui semblait juste, à ce qui avait du sens. Il voulait revenir dans cet espace qu'ils avaient créé où l'honnêteté régentait leurs rapports.

Là, sous le soleil, près de Brianna, il se sentait libre d'être lui-même pour la première fois depuis des années.

— Tu es perdue, dit-il, alors raccroche-toi à ce sentiment qui nous rapproche. Il est réel, lui. Tu l'échangerais contre un homme en costume qui se plaint de son travail en rentrant le soir, qui te laisse faire la vaisselle, la lessive et t'occuper de vos enfants ? C'est cette normalité à laquelle tu aspires ? Vraiment ?

— Bien sûr que non !

— Ce que nous avons trouvé ensemble, c'est quelque chose

d'autre que la norme, mais c'est juste. Équitable. Sincère. Et intense. Aucun de nous deux ne se trahit ni ne se compromet. Notre relation est vraie. La personne que je dois être lorsque, debout sur un balcon, je fais un discours à mon peuple n'est pas vraie. C'est ce qu'ils ont besoin de voir. Un mariage avec Ariel aurait été ce qu'ils avaient besoin de voir. Moi, je souhaite t'épouser pour tout ce que nous sommes quand nous sommes seuls, loin des gens.

— Vraiment ? murmura-t-elle, l'air troublé.

— Oui. J'ai l'impression qu'il n'y a pas de limite à l'intensité de ce que nous créons ensemble. Et que c'est tout simplement la nôtre. Elle n'appartient à personne d'autre. Pendant des années, ma vie n'a été que la mienne. Depuis que j'ai été libéré, je me préoccupe beaucoup plus de ce que les autres attendent de moi. C'est l'inconvénient d'être né cheikh. Pour y faire face, je n'ai pas simplement besoin que tu m'apprennes comment me comporter. Il faut que tu me donnes un espace où je n'ai pas à jouer ce jeu. En échange, à toi qui enseignes aux gens à se civiliser, je t'apprendrai à être sauvage.

Dans les yeux de Brianna, Riyaz lut le doute et le conflit intérieur. Il ne voulait plus ni doute ni conflits entre eux. Alors il s'approcha d'elle et la prit dans ses bras.

— Au diable les autres ! Au diable le reste du monde ! Nous sommes là, juste nous deux. Vas-tu t'autoriser à être sauvage ?

— Dans quel but ? demanda-t-elle d'une voix triste, l'air désespéré.

— Pour ressentir tout ce que nous n'avons jamais eu le droit de ressentir.

Riyaz constata que sa réponse déclenchait quelque chose en Brianna. Une étincelle de désir fou fit briller ses prunelles et elle passa les bras autour de son cou avant de l'embrasser avec fougue.

Aussitôt, l'air entre eux s'embrasa.

Lorsque Brianna rompit leur baiser, haletant, il murmura contre sa bouche :

— Tu seras ma femme.

— Oui.

— Nous n'avons pas besoin d'être des personnages de sitcom, Brianna. Nous sommes sauvages. Et nous avons déjà été retenus captifs. Pourquoi devrions-nous être prisonniers de nous-mêmes ?

Elle commença alors à lui arracher ses vêtements, comme si elle voulait à tout prix faire tomber les barrières entre eux. Ou faire disparaître les convenances, le savoir-vivre et les bonnes manières.

Elle enroula les doigts autour de son érection, lui arrachant un gémissement rauque.

— *Habibi*...

Il savait que les choses n'étaient pas réglées entre eux ; que même si elle l'épousait, il restait du chemin à parcourir sur la route qui les mènerait à trouver un équilibre agréable entre eux. Il n'ignorait pas non plus qu'un mur de protection serait toujours dressé en lui. C'était indispensable. Pour protéger Brianna.

Mais en cet instant, elle le désirait. Et elle semblait se libérer de ses chaînes. C'était tout ce qui comptait.

— Montre-moi ce que tu ferais s'il n'y avait pas de contraintes, pas d'obligations. Sois cette femme sauvage qui a survécu à un père criminel. Montre-moi qui tu es vraiment.

Elle lui saisit le visage, l'embrassa, puis fit courir les ongles sur son torse. La douleur était à la fois brûlante et excitante.

Riyaz glissa une main entre ses jambes. Il découvrit dans un frison qu'elle était prête à l'accueillir. Le long gémissement qu'elle poussa lorsqu'il entreprit de la caresser faillit le rendre fou.

Il voulait plus. Il voulait tout. Il enfonça deux doigts en elle. Brianna ondulait contre sa paume, le regard déjà flou.

— Viens pour moi, gronda-t-il.

Elle cria son prénom, et son corps s'arqua contre le sien. Puis elle s'effondra dans ses bras, pantelante, le souffle court.

Elle affirmait vouloir une vie normale, mais elle ne savait pas plus que lui ce qu'était la normalité, songea-t-il. Ils n'avaient pas de mode d'emploi. Ils n'avaient que ce qu'ils étaient, même si une partie de ce qu'il était s'avérait brisée.

Il reposa Brianna sur la margelle de la fontaine. Il recueillit un peu d'eau fraîche dans sa paume et la lui fit couler sur les seins ; ses mamelons durcirent instantanément. Il se pencha en avant et en prit un entre ses lèvres. Son corps palpitait du besoin de la posséder, mais il ne voulait pas aller trop vite. Il voulait savourer.

— Tu pourrais vouloir une vie normale, dit-il en s'écartant d'elle. Mais où ? Peut-être sommes-nous censés avoir plus qu'une vie normale. Peut-être sommes-nous censés être le soleil, le désert, les extrêmes. Pourquoi se voir petits quand on peut être la nature sauvage ?

— Arrête de parler ! haleta-t-elle. Je te veux. Maintenant.

Lui aussi la désirait. Cela le conduisait à la limite de la folie. Il était possible qu'il soit déjà fou, et qu'il n'existe aucun moyen d'y remédier. Mais si Brianna le désirait, peut-être que tout irait bien.

Peut-être qu'il saccagerait la bibliothèque et qu'elle lui apporterait des petits gâteaux. Peut-être qu'il ferait régner la terreur au milieu de la nuit et qu'elle l'apaiserait avec un film.

Et lui, que lui donnerait-il ?

Du plaisir.

Et il faudrait que ce soit suffisant.

Il mit ses deux mains en coupe et les remplit d'eau fraîche. Puis il la fit couler sur le corps brûlant de Brianna, jusque entre ses jambes. Elle gémit. Riyaz savait qu'elle en voulait plus. Mais il devait lui prouver que lui seul pouvait la combler.

— Monstre ! murmura-t-elle d'une voix rauque.

— Quand t'ai-je donné l'impression d'être autre chose qu'un monstre ? Tu sais que j'en suis un. Dans ce palais, on m'appelle « Le Cheikh fou ». Ne penses-tu pas qu'il y a une raison ? Ou alors je ne suis qu'un animal...

Alors il plongea le visage entre ses jambes et se délecta du goût de sa féminité. Elle lui agrippa la tête tandis qu'il la léchait et l'embrassait, se régalait d'elle comme d'un mets délicat. Elle poussait de petits cris et l'encourageait. Il voulait qu'elle jouisse encore une fois pour lui, alors il accentua ses caresses, utilisant sa langue, ses lèvres, ses doigts.

Soudain, elle plaqua le bassin contre son visage et se mit à trembler en criant son plaisir, les talons enfoncés dans ses flancs.

Lorsqu'il releva la tête, elle se mordait la lèvre inférieure, le regard brouillé.

— Riyaz, s'il te plaît, le supplia-t-elle.

Alors, d'une longue poussée, il la pénétra. Brianna lâcha un cri rauque. Il bougea d'abord lentement, faisant de son mieux pour se retenir. Elle frissonnait, tremblant un peu plus à chaque va-et-vient. Il se délectait de cette sensation. Puis, peu à peu, il sentait qu'il perdait le contrôle, qu'il s'abandonnait à l'excitation de leur fusion sensuelle.

Lorsqu'un nouvel orgasme emporta Brianna, il accéléra le rythme. Il ne maîtrisait plus rien. Il se laissait aller. Rien au monde ne pourrait égaler la puissance de l'alchimie qui les reliait. Il voulait cette femme. Il avait besoin d'elle.

Il lui saisit les hanches, après une ultime poussée, il se déversa en elle dans un rugissement. Il lui sembla que Brianna l'accompagnait dans l'extase, mais il avait perdu toute notion du réel.

Le corps alangui de Brianna serré contre le sien, Riyaz se pencha et embrassa ses lèvres.

— Tu es à moi, dit-il. Tu as besoin de moi. Tu as besoin de cela. Qui d'autre te le ferait ressentir ? Personne. Tu ne peux pas vouloir l'échanger contre une vie morne, mais normale en banlieue, si ?

— Je t'ai déjà dit que je ne partirai pas, dit-elle en posant la paume sur son torse.

Il décela une note étrange dans sa voix. On aurait dit que quelque chose commençait à s'effilocher. Il ne parvint pas à mettre le doigt dessus. Tout ce qu'il devinait, c'était que ce moment n'était qu'une solution temporaire, un pansement et non l'événement décisif qu'il avait espéré. Car là, sous le soleil brûlant, il sentait l'âme de Brianna inquiète.

Elle s'écarta de lui et s'assit sur la margelle, ramenant ses genoux sur sa poitrine.

— Qu'est-ce que ça te fait, d'être dehors ? demanda-t-elle, l'air préoccupé.

— C'est bien. Quand je suis avec toi.

— J'en suis heureuse.

Il lui saisit le menton et la força à le regarder. Elle lui avait demandé comment il se sentait. Elle lui avait dit qu'elle était heureuse. Pourquoi disait-elle des choses si fades, si plates dans ces moments-là ? Il lui semblait que quelque chose d'autre aurait dû se passer, mais quoi… ?

Qui es-tu, pour elle ? se demanda-t-il.

Et c'était peut-être là le problème. Aussi fort qu'il la désire, ce ne serait peut-être pas suffisant. Il devrait trouver une solution.

— Dormirons-nous dans le même lit, ce soir ? demanda-t-elle.

Il réfléchit quelques instants à sa question.

— Probablement pas.

Sa réponse l'attrista, visiblement. Comprenait-elle qu'il la protégeait de lui-même ? Qu'il se tenait lui-même en laisse ? C'était la seule façon pour eux d'être ensemble.

Il ne pouvait pas lui donner plus.

10

La préparation du mariage royal battait son plein. Brianna était estomaquée par l'ampleur de l'événement à venir, par l'extravagance de ses préparatifs.

Les robes qu'on lui avait apportées étaient toutes plus somptueuses les unes que les autres. Le menu du dîner n'avait certainement aucun équivalent, même dans le plus luxueux des restaurants gastronomiques. Les décorations et les fleurs promettaient d'être spectaculaires.

Elle avait hâte d'y être.

Le seul point noir de cette période résidait dans ses rapports avec Riyaz. Ils ne partageaient ni chambre ni lit. Il vivait encore à temps partiel dans un cachot, et, vu ce qu'il s'était passé la dernière fois qu'il avait essayé de dormir dans un lit, Brianna ne savait pas trop comment le convaincre de retenter l'expérience.

Elle n'était même pas sûre que ça irait. C'est ce qui rendait les choses difficiles.

Pour ne rien arranger, Ariel, qui était devenue une amie, traversait manifestement des épreuves avec Cairo. Selon elle, c'était le palais et ses fantômes qui affectaient négativement l'humeur des deux frères. Or il n'y avait pas grand-chose à faire contre cela. Riyaz et Cairo al-Hadid étaient les cheikhs de ces fantômes au même titre qu'ils l'étaient des habitants de Nazul. Il leur était impossible de quitter cet endroit, le lieu de leur traumatisme originel.

Bien qu'elle comprenne que ce soit difficile pour Cairo, elle avait du mal à compatir : les souffrances de Riyaz avaient été infiniment plus grandes que celles de son frère. Malgré cela, il s'était attelé à son nouveau rôle de dirigeant avec ardeur. Durant la journée, il étudiait des dossiers, participait à des réunions, se plongeait dans des tâches administratives. Heureusement, il n'avait pas encore d'obligations diplomatiques. Il était clair pour Brianna qu'il n'était pas encore prêt à rencontrer des dignitaires, dirigeants et ambassadeurs du monde entier. Or, tôt ou tard il le faudrait... Elle se préparait donc à se tenir à ses côtés en ces occasions. Elle n'avait jamais rêvé de vivre ce genre d'existence, et pourtant elle allait devoir relever ce défi.

Elle se demanda comment Riyaz relèverait celui des festivités nuptiales. La cérémonie se déroulerait à l'extérieur, dans l'une des cours. Dans la salle de bal, on danserait. Dans les salles de banquet, il y aurait des festins et, à l'extérieur, des tables chargées de mets et de vins. Ce serait un moment de fête pour tout le monde. Même pour lui ? Il semblait déterminé à aller de l'avant et à ne rien ressentir.

Cette pensée l'arrêta net.

Ne rien ressentir... Et si c'était la seule façon pour lui de s'en sortir ? Riyaz gérait la situation bien mieux qu'elle ne l'aurait imaginé au moment où elle avait commencé à travailler avec lui. Certes, il était froid, distant, comme coupé de toute émotion, mais lorsqu'il s'était approché de la surface de ses émotions, elle avait vu le résultat. Ses crises de stress post-traumatique étaient survenues lorsqu'il avait été émotionnellement poussé à bout. N'était-ce pas pour se protéger qu'il restait détaché en ces premières semaines de son règne officiel ?

Oui, peut-être n'était-ce que cela. Et dans ce cas, ce n'était pas un problème ; elle n'avait pas à s'inquiéter.

Cette hypothèse l'entraîna vers le bureau royal. Tout comme son père avant lui, Riyaz aimait travailler dans cette pièce. En chemin, elle observa autour d'elle avec un regard neuf et admira la beauté étincelante du palais. Oui, il y avait des fantômes ici, mais plus que cela, il y avait des siècles d'histoire. De la beauté et des ténèbres. La trahison, la tragédie et aussi l'amour.

Elle se dit alors qu'elle aurait aimé connaître la mère de Riyaz. Il ne parvenait pas à parler d'elle. Brianna en avait déduit qu'il l'avait beaucoup aimée et que cela lui faisait trop mal de l'évoquer.

Je me soucie de votre fils. Beaucoup. Je veux juste que vous le sachiez.

Une fois ces mots silencieux envoyés en pensée à la cheikha assassinée, elle poussa la porte du bureau après avoir toqué sur le battant.

Assis derrière le bureau massif, Riyaz leva les yeux sur elle.

— Comment ça va ? demanda-t-elle.

— Bien.

— Ne te surmène pas.

— Je ne pense pas que ce soit le cas.

— As-tu la moindre idée de ce que signifie « travailler trop » ?

— Es-tu en train de jouer le rôle de l'épouse acariâtre dans une sitcom ? lança-t-il avec humour.

— Peut-être. Mais est-ce grave, alors que ce qui me tracasse est lié à ton bien-être ?

Il se contenta de hausser les épaules. Apercevant un roman d'espionnage posé sur le coin du bureau, Brianna s'en saisit et s'assit sur une chaise.

— Que fais-tu ?

— Je me suis dit que je pourrais lire pendant que tu travailles. Je n'ai rien à faire. D'ailleurs, il va falloir que ça change.

— Nous aurons des enfants, déclara-t-il.

Elle en avait conscience, mais l'entendre de la bouche de Riyaz lui comprima la poitrine dans un étau. Elle voulait des enfants, mais elle les avait toujours imaginés en train de jouer sur la pelouse devant une belle maison d'un quartier résidentiel. Pas dans un palais planté dans le désert.

Riyaz était le cheikh de Nazul et était devenu un homme par la seule force de sa volonté, dans les ténèbres d'un cachot. Elle était une femme dont le père ne s'était jamais soucié. Oui, elle voulait des enfants, elle les voulait avec Riyaz, mais elle se sentait triste. Parce qu'ils ne seraient pas les enfants dont elle avait rêvé. Et puis il était hors de question qu'elle soit réduite au rôle de mère.

— J'espère que j'aurai d'autres responsabilités que nos enfants !

— Je suppose que oui..., éluda-t-il.

— J'en ai besoin, Riyaz, insista-t-elle.

— Mais tu veux aussi une famille, non ?

— Oui, bien sûr, je... Tu sais, j'ai grandi dans une grande et belle maison, sans aucun amour. Une grande et belle maison souvent pleine d'amis de mon père. Des monstres, même si je n'ai jamais cherché à savoir ce que trafiquait mon père. J'avais une chambre, mais je dormais la porte fermée à clé. Alors je n'étais pas dans un cachot, mais j'ai quand même dû m'emprisonner plus souvent qu'à mon tour. Et je ne sais pas vraiment ce que c'est que d'avoir une famille, conclut-elle en baissant les yeux.

— Tu en auras une, ici.

— Qu'est-ce que la famille, pour toi ?

— Un souvenir lointain.

— Est-ce que tu me... enfin... tes sentiments..., bredouilla-t-elle, incapable d'aborder de front le sujet qui lui tenait à cœur.

— Je dois garder le contrôle, tu comprends ?

Bien qu'aucun d'entre eux n'ait clairement prononcé le mot « amour », Brianna comprit qu'ils venaient de traiter la question. Et que le débat était clos : elle avait demandé, il avait dit non.

— Tu ne voulais pas lire ? reprit-il d'un ton neutre.

— J'ai pensé que c'était une bonne occasion de... de parler de nos attentes. Parce que tu ne seras pas surpris d'apprendre que j'ai décidé de t'épouser, ajouta-t-elle avec un brin d'ironie.

Un petit sourire se dessina au coin de sa bouche.

— Le contraire aurait été gênant, compte tenu de l'avancée des préparatifs...

Elle hocha la tête avec une petite moue.

— Tu sais, en tant que cheikha, tu pourras avoir toutes sortes de responsabilités. Dis-moi simplement ce qui te rendrait heureuse. Tu pourrais défendre certaines causes, par exemple.

— C'est vrai. Je vais réfléchir à la question et je pourrai créer une fondation.

Cette perspective ne résolvait pas tous les problèmes, laissait nombre d'interrogations sans réponse, mais cela apaiserait peut-être son agitation intérieure en lui donnant un but, quelque chose à quoi raccrocher ses rêves contrariés.

En plus des enfants.

— Tu veux *vraiment* des enfants ? demanda Riyaz, comme s'il lisait dans ses pensées.

— Comment réagirais-tu si je te disais que non ?

Un éclair malicieux traversa ses prunelles sombres.

— Je te ferais remarquer que, si tel était le cas, tu aurais peut-être insisté pour que nous ayons des rapports protégés... Au moins, c'est quelque chose que je peux te donner.

Brianna tiqua. Quelle étrange formule ! Quelque chose qu'il pourrait lui donner. Que voulait-il dire par là ?

— Une fondation et des enfants, reprit Riyaz.

Elle sourit. Elle prit conscience qu'elle était heureuse d'être assise là, près de son bureau. Elle hésitait à le lui dire. Pourquoi était-ce aussi difficile ? Parce que rien de ce qu'elle vivait en ce moment ne ressemblait à ce qu'elle avait imaginé.

Mais avait-elle vraiment voulu d'une jolie maison, d'une famille parfaite, de dîners en famille et d'animaux de compagnie ? Peut-être que ce qu'elle avait toujours fantasmé, c'était simplement une maison pleine d'amour.

Cette prise de conscience lui coupa presque le souffle.

Était-ce possible ? Elle commençait à croire qu'elle aimait Riyaz. Quant à savoir si c'était réciproque… D'ailleurs, était-il capable d'aimer ? Le lui demander lui semblait insurmontable.

Elle fut interrompue dans le cours de ses pensées par l'irruption d'un serviteur. Il avait les yeux écarquillés et paraissait terrifié de pénétrer dans le domaine du cheikh.

— Ariel Hart est partie, Altesse. Le cheikh Cairo l'a renvoyée.

Riyaz n'eut pas besoin de réfléchir longtemps pour deviner où son frère s'était réfugié. Lorsqu'il pénétra dans sa cellule, il aperçut dans la pénombre la silhouette de Cairo assis sur le banc.

— Qu'est-ce que tu fais là ?

— J'essaie de comprendre ce que tu as vécu.

— Je dors toujours ici. Tu aurais pu demander avant d'entrer.

— Pourquoi dors-tu ici ?

Il s'approcha et s'assit à côté de lui.

— Parce que les choses changent lentement, répondit Riyaz. Je déteste cet endroit, mais il me procure une certaine sécurité. Il faut croire qu'aucun d'entre nous n'est vraiment libre…

— En effet.

— Je sais qu'Ariel est partie. Pourquoi ?

— Parce que je le lui ai demandé.

— Je croyais que tu voulais la garder.

— Penses-tu vraiment qu'il soit approprié de garder une femme au palais contre son gré ? Même si c'est dans mon lit et non dans un cachot ?

— A-t-elle dit qu'elle ne voulait pas être avec toi ?

— Non. Mais elle n'a pas décidé de venir ici. Elle n'a pas eu le choix. Ni maintenant ni autrefois. Elle ne sait pas ce qu'elle veut.

Riyaz rit.

— C'est elle qui ne sait pas ce qu'elle veut, ou c'est toi ?

Cairo resta silencieux.

— Tu la veux ? reprit Riyaz.

— Ariel ? Bien sûr. J'ai tout chamboulé pour l'avoir. Je t'ai trahi. Encore une fois.

— Encore une fois ?

— Tu as dit que nous devions garder nos démons pour nous, Riyaz. Mais je pense que tu devrais connaître un des miens. J'étais amoureux d'Ariel quand nous étions enfants. Et j'avais l'habitude de la voir en cachette. Une nuit, nous sommes allés dans le désert. Son père m'a surpris. Il m'a posé une question. Et j'y ai répondu, pour éviter les ennuis. Je lui ai appris comment entrer dans le palais par une porte secrète.

— C'est donc à cause de toi qu'ils ont pu nous attaquer par surprise. Tu as été très stupide, asséna-t-il, glacial.

Son cœur aussi était froid, comme son âme. Ainsi, Cairo était le seul responsable du drame terrible qui avait frappé leur famille et le royaume. Il avait baissé la garde, il avait flirté avec Ariel. Il avait trahi Nazul. Et il l'avait trahi, lui, son aîné.

Néanmoins, il ne pouvait changer le passé. Et si Cairo avait commis une grave erreur, leur père aussi. C'était ce dernier qui avait laissé Dominic Hart devenir un proche de la famille royale. Qui lui avait fait confiance, au point de nouer une alliance avec lui.

Riyaz était en colère. En rage, même. Et pourtant, il ne réagirait pas. À quoi cela servirait-il de perdre ses nerfs, de passer sa colère sur son frère au risque de le blesser ? À rien.

— Oui, approuva Cairo d'un ton contrit.

— Les garçons de quatorze ans font souvent des choses stupides.

— Toi, tu avais seize ans, et tu as beaucoup souffert à cause de ma stupidité.

Des années entre quatre murs de pierre défilèrent en accéléré devant les yeux de Riyaz. Pourtant, peu importait ce que Cairo avait fait ou n'avait pas fait, car cela n'aurait rien changé à son destin, il en avait la certitude. Même si apprendre la trahison de son frère était douloureux, il ne pouvait pas lui en vouloir.

— Ils avaient l'intention de tuer la famille royale. Ils l'auraient fait d'une manière ou d'une autre. Ils auraient trouvé un moyen. Peut-être placé une bombe lors d'une manifestation officielle ou...

— Essaies-tu de m'absoudre ? le coupa Cairo.

Il n'avait pas ce pouvoir ; ni celui d'effacer le sang des murs du palais.

— Non. Tes actes ont conduit au drame. Mais tu ne peux pas contrôler les intentions d'autrui. Je suis persuadé qu'ils auraient réussi à tuer nos parents. Et peut-être que toi et moi serions morts avec eux si les putschistes avaient décidé de faire exploser un cortège royal.

— Tu n'en sais rien.

— Non. Mais tu ne peux pas me prouver le contraire, répliqua Riyaz.

— Je ne comprends pas : tu me blâmes ou tu me pardonnes ?

— Je ne peux faire ni l'un ni l'autre. Il y a une chose que

l'on apprend en n'ayant que soi-même pour toute compagnie pendant un grand nombre d'années, c'est que le monde continue à tourner. Avec ou sans nous, il tourne. Au cœur de la nuit, on se retrouve face à soi-même. Seul. Et la seule façon d'être sauvé, c'est que quelqu'un se soucie suffisamment de nous pour venir à la rescousse. Je ne peux pas t'absoudre, tu dois le faire toi-même. Mais tu es venu me sauver. Que tu sois irréprochable ou pas, ce n'est pas rien.

Ils restèrent un long moment silencieux côte à côte dans la quasi-obscurité. Riyaz sentit la tension retomber et une sorte d'apaisement la remplacer. Comme les prémices d'un amour fraternel sur le point de se retisser.

— Je dois aller la chercher, dit Cairo d'une voix ferme.

— Bien sûr, approuva son frère.

— Elle ne sera pas ma prisonnière.

— Ça m'est égal.

— Oui, je sais.

Il se moquait que Cairo retienne Ariel contre son gré, car, s'il était honnête avec lui-même, c'était ce qu'il avait fait avec Brianna. Il ne lui avait pas donné le choix au départ et, même si elle avait fini par dire oui, il se sentait toujours coupable de la priver de la « vie normale » à laquelle elle aspirait.

Et puis il n'avait aucune volonté de diaboliser son frère, d'autant que Cairo était le dernier membre vivant de sa famille.

— Va chercher ta femme, lui lança-t-il.

Cairo se leva et sortit du cachot. Adolescent, son frère était déjà amoureux d'Ariel. Et cela lui avait fait commettre une erreur lourde de sanglantes conséquences, mais il était si jeune ! Comment pourrait-il le condamner ?

Il eut soudain l'impression qu'une violente onde de choc le secouait de l'intérieur. Puis il se sentit engourdi. Ou peut-être n'était-ce pas un engourdissement, mais une prise de conscience. Comme si la douleur et le chagrin prisonniers des profondeurs de son âme en avaient été libérés.

Accepter son sort funeste et le maintenir à distance l'avait maintenu en vie durant sa détention. Mais là, les émotions remontaient à la surface. Il se sentait écorché vif, en colère, contre Cairo, contre son père, contre les hommes qui avaient commis ces crimes.

Le souvenir de sa mère l'assaillit. Le chagrin remplaça la colère. Sa famille avait été détruite, et le fardeau qu'ils portaient tous était trop lourd.

Il n'en pouvait plus.

Il ne pouvait s'occuper de personne. Cela lui coûterait trop cher. Il avait cru protéger Brianna en se coupant de ses émotions. Il avait cru qu'il ne pouvait pas aimer, parce que, s'il laissait émerger les émotions qui grouillaient au plus profond de lui-même, il la mettrait en danger.

Or il ne la protégeait pas, il se protégeait lui-même.

Il n'était pas un héros, il était un prisonnier.

Donc il resta dans son cachot.

11

Brianna avait cherché Riyaz partout, sauf dans les sous-sols du palais. D'habitude, il ne descendait pas à cette heure-ci. Et pourtant, une intuition la poussa à vérifier.

Il était là, assis dans l'obscurité.

— Riyaz ? Qu'est-ce qui se passe ?

— J'ai trouvé Cairo ici. Je l'ai envoyé chercher Ariel.

— C'est gentil de ta part. Je me doute que c'était difficile parce qu'elle était ta...

Elle se tut lorsqu'il lui saisit le menton. Il lui fit tourner la tête pour qu'elle croise son regard fiévreux.

— Ce n'était pas difficile. Je ne veux pas d'elle.

— Qu'est-ce qu'il y a ?

— Cairo... Il m'a dit que... que c'était à cause de lui que les insurgés avaient pu entrer dans le palais. Il a montré au père d'Ariel une porte secrète. Parce qu'il lui faisait confiance, et parce qu'il craignait qu'Ariel et lui, qui étaient sortis de nuit dans le désert, aient des ennuis.

— Oh ! Riyaz ! Cela doit être... dévastateur.

— Pourquoi cela devrait-il être le cas ? Mon frère n'était qu'un enfant. Il n'avait pas de mauvaises intentions. Il n'avait pas plus tort de faire confiance à cet homme que mon père.

Brianna pressentait à la tension qui émanait de lui qu'il ne lui disait pas tout.

— Riyaz, parle-moi.

— Il n'y a rien à dire.

— Remonte au moins pour le dîner.

— Je... je pourrais.

— Tu ne devrais pas rester seul. Si tu préfères, je t'apporte quelque chose ici.

— Non. Montons.

Brianna hocha la tête et le suivit, préoccupée par l'humeur sombre de celui qui était désormais son fiancé.

La table était joliment garnie et de la dinde rôtie était au menu. Riyaz ne respecta aucune des bonnes manières qu'il avait apprises : il s'assit lourdement en faisant racler la chaise et posa les coudes sur la table. Brianna ne fit aucune remarque et remplit deux assiettes de viande juteuse et de semoule – elle avait demandé qu'il n'y ait aucun domestique pour les servir pendant les repas tant que Riyaz n'irait pas mieux.

— Ce n'est pas grave que tu sois en colère, dit-elle.

— Je ne suis pas en colère. Tout le monde faisait confiance au père d'Ariel.

— Est-ce vraiment ce que tu ressens ?

— Ce que je ressens n'a pas d'importance. Les sentiments ne sont pas les faits.

— Tu as raison, mais les faits n'empêchent pas les sentiments. Et ce que tu ressens a de l'importance, Riyaz.

— C'est mon frère, et je ne le condamnerai pas.

— Il n'est pas nécessaire de le condamner pour ressentir quelque chose.

— Ça suffit ! Je suis le cheikh. Cairo est mon frère. Il n'y a pas de place pour...

— N'est-ce pas toi qui voulais de l'honnêteté entre nous ? le coupa-t-elle, incisive. Que nous soyons sauvages ? Vrais ?

On s'en fiche que tu sois le cheikh ! On s'en fiche que je sois censée te civiliser ! Sois honnête à propos de ce que tu ressens. Parce que c'est la seule façon d'aller de l'avant.

Honnête, elle l'était avec elle-même désormais. Elle voulait de l'amour.

— Aller de l'avant ? répéta-t-il avec un ricanement méprisant. Merci pour la psychologie de comptoir, mais il s'agit de ma vie. D'un royaume.

Brianna décida de passer outre l'attitude agressive et condescendante de Riyaz.

— Ici, avec moi, c'est juste... réel. Ce ne sont que des sentiments. S'il te plaît. Riyaz, dis-moi ce que tu as ressenti.

— Je me sens... Je me sens comme si j'avais le sang de ma mère sur les mains. Et lui, il... il s'est échappé. Il s'est enfui, n'est-ce pas ? Il a fui cet endroit. Il nous a fuis. Tout ce temps, il a été libre. Il gagnait de l'argent et menait la vie qu'il voulait, et... bon sang ! Il a eu tout ce qu'il voulait. Toutes les femmes qu'il voulait.

Dans le regard de Riyaz, elle vit la douleur, la haine, le chagrin et... un éclair de folie. La douleur lui transperça la poitrine.

— C'est ce dont tu as besoin ? Plus de femmes ?

— Non. Je peux avoir un harem si je le désire. Je suis le cheikh. Je peux faire ce que je veux. Je... ça n'a pas d'importance.

— Qu'est-ce qui te rend malade, alors ?

— J'étais dans un cachot. Dans les ténèbres. Ce n'est pas moi qui ai causé cette tragédie. Pourquoi ai-je été puni ? Pourquoi avons-nous été punis ?

— Je ne sais pas. Je...

— Normalement, c'est là que tu dois me dire que Cairo s'en veut terriblement. Parce que c'est un homme bon. C'est ton ami.

— C'est mon ami. Mais tu es mon fiancé. Et je n'ai pas besoin de le défendre. C'est ton frère. Tu l'aimes. Ça ne veut pas dire que tu n'as pas le droit d'être en colère. Ça ne veut pas dire que tu ne peux pas ressentir quelque chose au sujet de l'erreur qu'il a commise. Il a eu quinze ans pour identifier ses sentiments à ce sujet. Les démêler. Les accepter. Pourquoi ne pas t'autoriser des sentiments ?

— Ils ne signifient rien. Tout ce que l'on peut faire quand on est prisonnier, c'est survivre.

— Tu te sens toujours prisonnier ?

Il détourna le regard.

— Rien de tout cela n'a d'importance. Et je n'ai pas besoin d'autres femmes, ajouta-t-il, la voix soudain dure. J'ai besoin de toi.

Brianna frissonna. Elle voulait lui suffire. Elle voulait être tout pour lui. Et elle voulait trouver un moyen de restaurer tout ce qu'ils avaient perdu. C'était tellement douloureux de le voir souffrir ainsi !

— Alors tu peux m'avoir. Crois-moi, je n'ai besoin de rien d'autre que de toi.

Il poussa un grognement, tendit la main et tira sa chaise jusqu'à lui. Elle s'assit à califourchon sur ses cuisses.

— Pourquoi aurais-je besoin d'une autre femme quand je t'ai toi ? La plus belle des femmes. Tu es à moi. Tu vas devenir mon épouse.

— Oui.

Elle percevait une fracture en lui. Quelque chose qui était sur le point de se briser complètement. Or elle ne voulait pas que cela affecte leur relation. Elle voulait qu'ils restent ensemble. Solidaires. Elle lui montrerait qu'elle était assez forte pour y parvenir. Assez forte pour deux.

Elle n'était plus la gamine effrayée qu'elle avait été ; ni la femme qui avait cherché à s'intégrer, à se fondre dans la masse pour se construire une nouvelle vie tout en craignant que les gens s'aperçoivent qu'elle était différente.

Aujourd'hui, elle était heureuse d'être différente. Elle était heureuse d'être elle-même. Brianna Whitman. Une femme assez forte pour un homme comme Riyaz al-Hadid. Une femme qui pouvait l'aider à affronter le monde extérieur, mais qui le laissait être lui-même quand ils étaient ensemble.

— Il n'y a pas besoin de règles entre nous, déclara-t-elle. Assieds-toi comme ça te chante, mange avec les doigts si tel est ton bon plaisir, agis comme bon te semble. Sois en colère si tu veux l'être. Tu n'auras jamais à te cacher de moi.

Ses paroles étaient un écho des instants de passion sauvage et débridée qu'ils avaient partagés près de la fontaine. Mais il y avait quelque chose de plus profond, désormais.

Ils n'avaient pas besoin de se mettre en scène l'un pour l'autre. Jamais. Ils n'avaient pas besoin de jouer des rôles. Ils le feraient parfois pour le monde extérieur, qui leur apparaîtrait de temps en temps comme une prison, mais ensemble ils seraient libres. Toujours.

Brianna posa les mains de part et d'autre de la boutonnière et lui déchira sa chemise. Riyaz plissa les yeux, l'air surpris, puis un demi-sourire étira ses lèvres. À son tour, il lui arracha son haut, avant de lui retrousser la jupe jusqu'aux hanches. Il déchira sa culotte d'un geste sec puis commença à la caresser.

En réponse, Brianna passa la main sur la bosse dure qui déformait son pantalon. Il gémit. Elle ouvrit la fermeture Éclair et libéra son impressionnant sexe tendu. Elle se leva légèrement et se laissa retomber dessus.

Oh ! Comme c'est bon !

Ce fut comme si leurs corps communiquaient à leur insu, s'accordaient à la perfection. Car Riyaz lui donna exactement ce qu'elle désirait : une étreinte profonde, sauvage, rapide. Elle aimait qu'il soit à son écoute, sans forcément parler, mais en guettant ses réactions, en déchiffrant ses gémissements, ses ondulations, le langage de son corps. Cela la faisait se sentir spéciale. Unique.

Agrippé à ses hanches, il la comblait de toute sa longueur en de puissantes poussées. Elle les accompagnait par de rapides mouvements de bassin.

Soudain, elle laissa sa tête partir en arrière tandis qu'un cri montait de ses profondeurs les plus intimes.

— Je t'aime, lança-t-elle au moment où l'orgasme la foudroyait.

Alors tout s'arrêta. Tout. Brianna crut qu'il allait se retirer, mais au même moment il poussa un long rugissement animal, et son orgasme fut comme un tremblement de terre, prolongeant et intensifiant celui de Brianna.

Puis il s'accrocha à elle. La tête posée sur son torse puissant, elle entendait son cœur battre la chamade tandis qu'il lui caressait les cheveux.

— Je t'aime, répéta-t-elle, dans un murmure cette fois.

— Non. Ne dis pas cela.

Pourtant, il la garda serrée dans ses bras.

— Pourquoi pas ?

— Parce que ce n'est pas pour moi. Je n'aime pas ces mots.

— Riyaz...

— Allons nous coucher.

À la grande surprise de Brianna, Riyaz la porta à l'étage, dans sa chambre. Il l'allongea sur le lit et l'embrassa. Cela lui rappela tellement leur première fois ensemble ! C'était doux. Intime. Seulement eux deux.

Pourtant, à l'intérieur, elle se brisait.

Pas parce qu'il n'avait pas dit qu'il l'aimait en retour.

Parce qu'il avait purement et simplement rejeté son amour.

Parce qu'il n'acceptait même pas qu'elle l'exprime.

Pourquoi ne la laisserait-il pas l'aimer ?

L'amour était le ciment de la famille, alors s'il ne pouvait pas prononcer ce mot, s'il ne pouvait même pas l'entendre de sa bouche, quel sens cela avait-il ?

Mais déjà il l'embrassait à nouveau, traçant un chemin de feu le long de son cou jusqu'à sa poitrine. Elle avait du mal à réfléchir dans cette situation. Tout ce qu'elle parvint à se dire, c'était que l'autre option, c'était une vie sans ces moments brûlants. Une vie sans lui.

Et puis as-tu vraiment le choix... ?

La réponse lui vint de Riyaz, qui la pénétra de nouveau d'un coup de reins puissant. Non. Elle n'avait pas le choix. Elle voulait juste exister dans ce moment et cet espace où ils étaient ensemble. Où ils ne faisaient qu'un. Dans ce présent absolu où elle n'avait pas dit qu'elle l'aimait et où il n'avait pas rejeté son aveu. Où tout était encore possible, ouvert.

Elle atteignit de nouveau les sommets de l'extase dans ses bras. Rien ne pourrait lui enlever cela – *leur* enlever cela – quel que soit le nom que l'on donnait à cette fusion parfaite.

Et bon.

C'était bien.

Elle avait été honnête, envers lui et envers elle-même.

C'était la vie qu'elle choisissait. Il se pouvait qu'elle ne soit pas normale ni parfaite, mais c'était la sienne.

Riyaz la serra contre lui et ils s'endormirent.

12

Quand Riyaz se réveilla, en sursaut, une violence lancinante coulait dans ses veines. Une terreur noire et ardente le saisit.

Il baissa les yeux et vit sa mère en sang allongée sur le sol.

« Je t'aime. »

C'était la dernière fois qu'il avait entendu ces mots avant... avant quand ? Il avait l'impression que son corps n'était rien d'autre qu'un amas de chairs sanglantes et d'os brisés.

La douleur était insoutenable. Il avait tout perdu.

Soudain, il vit son frère et son père. Il se tourna vers eux, vindicatif, et leur lança : « Comment avez-vous pu faire confiance à de mauvaises personnes ? Regardez ce que vous avez fait ! Regardez ce que vous *lui* avez fait ! »

Il n'avait nulle part où aller. Il n'avait rien. Il était enfermé dans un cachot et il ne pouvait pas se permettre de se montrer faible face à ses geôliers. Il ne devait jamais montrer sa douleur. Alors il avait tout refoulé – le chagrin, la douleur, la rage.

Mais cela n'avait pas fonctionné puisque la rage bouillonnait en lui. Il ne contrôlait plus rien. Comme si toutes ces années d'une discipline mentale et physique absolue n'avaient pas existé.

L'amour le rendait faible. L'amour l'empêchait de retenir le flot de douleur qui dormait dans son âme. Il l'avait toujours su.

Il tâtonna dans la pénombre autour de lui, saisit un objet

lourd et le lança vers la partie de la pièce où il avait vu son père et son frère.

Puis il entendit une voix faible. La même voix qui lui avait déjà dit « Je t'aime », mais pas celle de sa mère.

— Riyaz, je t'en prie. Je t'en prie...

Il secoua la tête. Il n'était pas auprès de ses parents. Il n'était pas revenu à ce jour funeste de leur mort. Il était avec Brianna.

Avec la femme qui lui avait dit qu'elle l'aimait.

Son père avait laissé tomber la femme qui l'aimait. Son frère avait lui aussi laissé tomber la femme qui l'aimait. Riyaz ne l'avait pas fait. Pas encore. Mais c'était dans son sang, dans son ADN. D'ailleurs, il la retenait déjà prisonnière ; dans sa cellule emplie de douleur, de chagrin et de mort. Il ne valait pas mieux que les hommes qui l'y avaient enfermé.

Pourquoi l'aimait-elle ? Elle s'aveuglait, car il ne lui avait donné aucune raison de le faire. Il lui avait manqué de respect. Il l'avait traitée comme un trophée.

Quelque part dans l'obscurité, la brume se dissipa d'un coup. Riyaz revint au présent. Pleinement dans la réalité.

Les mains de Brianna étaient sur lui. Elle le réconfortait, comme elle l'avait déjà fait tant de fois. Et qu'est-ce qu'il lui avait donné ? Du plaisir, certes, mais ce n'était pas suffisant. Non, il n'avait pas fait beaucoup d'efforts...

Elle voulait une vie normale. Elle lui avait dit exactement ce qu'elle souhaitait, et il ne l'avait pas écoutée. Elle était ici, avec lui, au lieu d'habiter la belle maison de banlieue de ses rêves.

Tu dois lui rendre sa liberté.

Il ne voyait pas comment sortir de sa cellule, car il ne pouvait pas faire face à ses sentiments. Mais il n'était pas obligé d'y maintenir également Brianna.

Il hésita. Il tendit la main et appuya sur l'interrupteur pour la voir clairement dans la lumière.

Elle était nue, debout devant lui, sans honte et sans peur.

Elle lui avait donné son corps. Elle lui avait donné un peu de paix. Sans rien recevoir de lui en retour.

Non, tu ne la mérites pas.

— Je veux que tu t'en ailles, Brianna.

— Riyaz, on en a déjà parlé. Je n'ai pas peur de toi. Et je peux gérer ça.

— Je ne veux pas dire hors de ma chambre. Je veux dire loin du palais. Je veux que tu retournes à New York. Rentre dans votre maison. Vends-la. Achètes-en une autre dans une jolie banlieue résidentielle. Je t'ai dit que tes rêves ne suffisaient pas, mais c'était faux. Ce à quoi tu aspires est important. Je te l'ai pris. Je ne le veux plus. Je ne peux pas faire ça.

— Tu ne m'as pas entendue quand je t'ai dit que je t'aimais ?

— Si. Mais je ne suis pas capable de le recevoir. Et m'aimer te prive de la chose que tu désires le plus.

— Non. Je pensais vouloir une vie normale, mais j'ai réalisé que la normalité ne veut rien dire. Ce qui me manquait dans ma famille, c'était l'amour. C'est ce que je veux : juste de l'amour.

— Et je ne peux pas te le donner. Tu ne vois pas ? J'ai grandi dans une famille où il y avait beaucoup d'amour. Ça n'a pas suffi à la sauver. L'amour ne donne aucune sécurité. Beth peut encore mourir. Tu te souviens des *Quatre Filles du docteur March* ?

— Nous ne sommes pas dans l'Amérique de la guerre de Sécession. Et tu ne vas pas attraper la scarlatine.

— Mais cela ne te protégera pas de ce qui pourrait t'arriver. Une vie normale te protégera.

— Dis-moi pourquoi tu ne penses pas pouvoir m'aimer.

— En dehors des quinze années passées dans un cachot ? De nombreuses raisons. Mais… c'est le visage de ma mère que je vois. Mourante. Ces mots que tu m'as dits… ils ne sont pas bons pour moi. Et je ne peux pas…

Il se tut. La douleur était trop forte. Et plus il discutait avec

Brianna, plus il se sentait proche d'elle et plus les dernières protections érigées autour de son âme vacillaient.

— Riyaz...

— Je te décevrai. Je t'ai déjà déçue. Mais je ne le ferai plus. Tu vas partir. Et tu ne reviendras pas.

— Riyaz ! implora-t-elle, l'air choqué.

Et il sentit un éclat de verre se frayer un chemin dans sa poitrine jusqu'à son cœur.

— Je suis le cheikh. Et j'ai parlé.

13

Brianna était encore sous le choc lorsque l'élégant jet privé aux armes de Nazul atterrit à New York.

Dans la limousine qui la conduisit chez elle, elle prit conscience qu'elle était de retour sur le sol américain. Pourtant, elle se sentait étrangère dans son propre pays. Dans sa propre peau. Chaque fois qu'elle respirait, c'était comme si des lames de rasoir lui déchiraient la poitrine.

Pourquoi était-elle partie si facilement ? Cette question la hantait alors même qu'elle connaissait la réponse : elle était partie parce que Riyaz avait eu besoin qu'elle parte. Il avait eu besoin de prendre cette décision-là, sans doute pour se libérer lui-même de ses démons. Elle s'était éloignée parce qu'il avait besoin d'un sursis.

Elle ne deviendrait pas son cachot.

Riyaz n'avait guère eu le choix dans sa vie. Il avait *choisi* de lui demander de partir. Il avait *choisi* de ne pas entendre qu'elle l'aimait. Elle n'avait pu faire autrement que de lui obéir.

Durant le trajet en avion, elle avait eu le temps de réfléchir calmement à la situation. Elle en avait conclu que deux choses effrayaient Riyaz. Il craignait d'être trop fort, trop sauvage, de ne pas canaliser son côté animal et de lui faire du mal. Mais il craignait aussi un point faible en lui qu'elle n'avait pas identifié. Le genre de point faible qu'il voyait chez son frère, même s'il aimait Cairo. Le genre de faiblesse qu'il avait décelé chez son père, même s'il l'avait aimé. Cela semblait lié aux dernières paroles que sa mère lui avait dites.

Aujourd'hui, il était devenu un homme qui ne faisait pas confiance. Il n'avait confiance ni en le monde ni en lui-même.

Se retrouver chez elle, dans cette petite maison de ville qu'elle aimait tant, n'améliora pourtant pas son moral. Elle était toujours aussi perdue.

Parce qu'il n'y a qu'avec Riyaz que tu te sens vraiment libre, lui chuchota une petite voix intérieure.

Elle aurait aimé avoir un ami. Un ami autre que Cairo. Et puis elle se souvint qu'elle en avait une. Ariel. Qu'elle décida d'appeler.

— Brianna ! Tu vas bien ? J'étais inquiète.

— Je viens de rentrer à New York.

— Nous essayons d'éviter que la nouvelle de l'annulation du mariage ne se répande. Juste au cas où...

— Je ne pense pas que Riyaz veuille que je revienne. Il m'a rendu ma liberté, selon lui.

— Cairo a essayé cela avec moi. Il m'a dit que je n'avais pas choisi de l'épouser, que j'avais besoin d'être libre et de faire mes propres choix.

— Il s'agit donc de deux modèles mâles identiques, mais dans une configuration traumatique légèrement différente.

Ariel rit de bon cœur à son trait d'humour.

— En plus, je pense qu'il est assez évident que nous voulons toutes les deux rester, reprit Brianna.

— Vu ce que Riyaz a vécu, il me paraît normal qu'il ne supporte pas l'idée de te retenir à Nazul contre ton gré.

— Je pense qu'il a peur d'être prisonnier de ses sentiments pour moi, mais c'est un autre sujet.

— Tu as peut-être raison, approuva Ariel après un long silence.

— Cairo t'a-t-il dit qu'il se sentait responsable de ce qui s'était passé au palais ?

— Oui. Je sais qu'il en a parlé avec Riyaz, qu'il a trouvé très calme.

— Il l'était. Et pourtant ça l'a brisé. En fait, j'ai peur que le vrai problème soit qu'il ne veuille pas sortir de son cachot. Il ne veut pas être trop en colère. Il ne veut pas trop désirer. Il ne veut pas ressentir trop de choses. Et il ne veut pas aimer quoi ou qui que ce soit qui pourrait lui être enlevé.

Brianna avait envie de hurler sa frustration. Elle voulait tellement aider Riyaz ! Et elle avait si peu de moyens de le faire... Elle se rendait compte qu'elle n'avait été pendant des années qu'une fille qui faisait semblant de comprendre ce qu'était la normalité. Pourtant, elle comprenait Riyaz - du moins en avait-elle l'impression, et l'envie.

— D'après toi, Ariel, que dois-je faire ? Je l'aime. Mais il a un royaume à diriger. Quel temps et quelle latitude cela lui laisse-t-il pour quoi que ce soit d'autre ?

— Il n'a pas le choix : il va devoir s'évader de son cachot. Celui qui est dans son esprit.

— Et s'il n'y parvient pas ? demanda Brianna, anxieuse.

— Il le fera. Il n'est peut-être pas capable de te dire qu'il t'aime, mais il t'aime, j'en suis certaine.

— Dois-je revenir ?

— Donne-lui quelques jours. Je pense que Cairo va t'aider.

— Pourquoi ferait-il cela ?

— Quand Cairo a avoué à Riyaz que c'était sa faute si le palais avait été pris, son frère l'a quand même encouragé à revenir vers moi. À me rattraper. Cairo se sent redevable envers Riyaz. Et fais confiance à Riyaz : il est assez fort pour briser ses chaînes.

14

Riyaz n'avait pas ressenti une telle douleur depuis la mort de ses parents. C'était ça, se réveiller en sachant que Brianna avait quitté le palais : une douleur abominable.

Il tentait de l'apprivoiser, debout en haut de l'escalier qui menait aux sous-sols et au cachot, lorsqu'il entendit des pas derrière lui.

— Tu l'as renvoyée, fit la voix de Cairo.

— Je devais le faire. Je la forçais à rester avec moi alors que je savais qu'elle voulait une autre vie. Tu sais l'histoire de Brianna, de quoi tu l'as sauvée. Comment pourrais-je la garder en captivité ?

— Elle est amoureuse de toi ?

— Elle a dit qu'elle l'était. Mais je...

— Tu es en colère contre moi, n'est-ce pas ? le coupa son frère d'un ton toujours aussi calme.

— Bien sûr que non ! Et ce que tu m'as confié n'a rien à voir avec cela.

— Je pense que tu mens. Je pense que tu es en colère contre moi. Comment as-tu pu demeurer aussi calme quand je t'ai dit que j'étais responsable de ta captivité ?

— Comment aurais-je dû réagir ?

— En donnant des coups de poing. En hurlant de rage. Bon

sang ! tu as été enfermé dans un cachot pendant quinze ans, tu pourrais faire preuve d'un peu de fureur barbare, non ?

— À quoi bon ? Je ne me suis jamais emporté. Je n'ai jamais pleuré. Parce qu'à quoi cela aurait-il servi ? Tout le monde était mort et j'étais enchaîné.

— En effet, tout le monde était mort, tu étais enchaîné, alors à quoi bon ? répéta Cairo, moqueur, sarcastique. Et pourtant, tu as des sentiments à ce sujet. Tu n'es plus dans ton cachot, tu as le droit d'avoir des sentiments.

Riyaz cligna des yeux. Son frère soutenait son regard, comme s'il le mettait au défi. Et soudain, ce fut comme si une digue se rompait en lui. Une rage sans nom le submergea. Il saisit Cairo à la gorge et le plaqua contre le mur.

— Pourquoi leur as-tu dit comment entrer dans le palais ?

— Parce que j'ai été stupide. J'ai commis une erreur.

— Oui, acquiesça Riyaz entre ses dents serrées, les mâchoires contractées.

— Tu as le droit d'être en colère.

Riyaz frappa du poing contre le mur de pierre.

— Je le suis ! Je suis furieux ! Notre père... Il aurait dû savoir. Il n'aurait jamais dû faire confiance à Dominic Hart. Il n'aurait jamais dû te mettre dans une telle situation. Ni moi. Et il était censé protéger maman.

— Oui, dit Cairo. Et il ne l'a pas fait.

— Tu vois, répondit-il en desserrant son étreinte, cette rage est inutile. Parce qu'elle ne résout rien et ne ramène personne à la vie. Les seuls à blâmer, ce sont les salauds qui ont détruit notre famille, notre pays, qui m'ont détruit, moi aussi.

— Tu n'es pas détruit, mon frère. Tu sais, j'ai toujours su que je devrais revenir ici et te sauver. J'ai mis des années à préparer ton retour. Je n'avais pas le droit à l'erreur. Durant ces années, la culpabilité m'étouffait jour et nuit. Alors j'ai essayé de m'autodétruire, en sombrant dans les excès. Je me disais que même si je rampais comme un zombie jusqu'ici pour te libérer, l'important était que tu montes sur le trône. Mais j'ai trouvé mieux que l'autodestruction. J'ai trouvé l'amour.

Riyaz ferma les yeux. Il prit une grande inspiration. La douleur n'était plus là dans sa poitrine. Enfin, si, mais ce n'était pas la même. Tout à coup, il se rendit compte qu'il ne détestait pas les mots « Je t'aime. » Qu'il avait besoin de les entendre. Son cœur, gelé par la nécessité de survivre en captivité, n'avait pas encore retrouvé son fonctionnement normal ; se trompait ; confondait certaines émotions, en craignait d'autres.

Néanmoins, si Riyaz avait du mal à se comprendre lui-même, une certitude l'envahit.

— Il faut que je parte, dit-il à son frère.

— D'accord. Si tu as besoin de me frapper...

— Non.

Car c'était comme si ses émotions trop longtemps refoulées circulaient à présent librement dans ses veines. Ce qui avait commencé par de la colère, celle qui le mettait dans une rage aveugle lors de ses hallucinations, celle qui l'avait envahi face à son frère, s'était transformé. En chagrin. Le chagrin qu'il ne s'était jamais autorisé à ressentir.

Et il lui semblait évident qu'il ne pourrait pas avancer sans laisser son chagrin et sa douleur s'exprimer.

Alors, il ouvrit les portes du palais et courut dans le désert, aussi loin que ses jambes le lui permirent. Parce qu'il était libre. Puis il s'agenouilla et poussa un long cri vers le ciel. Un sanglot se libéra de sa poitrine, des larmes coulèrent sur ses joues – les larmes qu'il avait retenues quinze ans durant.

Il pleura longtemps la perte de sa mère. La perte de son père. La perte de la moitié de sa vie.

Il pleura tout ce qui lui avait été enlevé.

Il pleura jusqu'à ce que le sable ait absorbé son chagrin.

Jusqu'à en être vidé.

Mais il y avait encore quelque chose. Une intranquillité. Un souvenir.

Celui de l'amour qu'il avait éprouvé pour sa famille. Maintenant que le chagrin avait disparu, cet amour était toujours là. Sans objet. Et cela créait un vide profond en lui.

Il voulait entendre qu'il était à nouveau aimé.

Il regarda à nouveau le ciel. Un faucon fendait l'azur. Il y vit un signe.

Brianna essayait de suivre le conseil d'Ariel : attendre. C'était difficile. Elle savait ce qu'il s'était passé entre eux, entre leurs corps, entre leurs âmes. Et elle croyait que c'était de l'amour.

Elle avait vidé sa maison et l'avait mise en vente. Elle ne savait pas où elle irait après. S'était-elle engagée dans un cul-de-sac ? Elle espérait que non. Elle essaierait d'abord de retourner à Nazul.

Elle referma une dernière fois la porte d'entrée derrière elle et tourna la clé dans la serrure. Puis elle mit les mains dans les poches de son manteau et commença à marcher dans la rue.

— Brianna !

Son cœur manqua un battement et elle se figea. C'était la voix de Riyaz. Il avait prononcé son prénom comme s'il le dégustait. Comme s'il évoquait quelque chose de spécial et de nouveau.

Elle se retourna et le regarda, avec la ville en arrière-plan. Il était à New York. Il était sorti de son cachot.

— Riyaz...

— Cairo gère le royaume à ma place. Et je suis... je suis là.

— Je vois, dit-elle en souriant.

— Je devrais peut-être jouer les touristes.

Elle rit.

— Toi ? Un touriste ?

— Pourquoi pas ? Puisque je suis ici.

— Je ne peux pas t'inviter. J'ai mis en vente ma maison. Je me suis débarrassée de toutes mes affaires. J'ai pris une chambre d'hôtel jusqu'à ce que je décide de la suite à donner à ma vie.

— Pourquoi ?

— Parce que j'espérais vraiment que tu viendrais.

Le regard rivé au sien, il hocha lentement la tête.

— J'ai hâte de découvrir la ville. Avec toi. Parce que je suis venu pour toi. Parce que je t'aime, *habibi*. Et ce n'est pas parce que tu es ma première femme. C'est parce que tu es la seule. La seule pour moi. Je devais... Ressentir. Tout. La colère. Le chagrin. Pour pouvoir commencer à ressentir la joie. Je ne détestais pas l'amour. Je le désirais ardemment. Mais pour survivre, je me suis tellement entraîné à ne pas désirer que j'ai fini par tout confondre. Par penser que ce que je désirais était néfaste, pas juste le fait de le désirer. Mais je veux du gâteau, la lumière du soleil et toi. Mon destin est de diriger Nazul. Mais tu es mêlée à ce destin. S'il a fallu un coup d'État, l'emprisonnement, ton horrible père et Cairo pour que nous nous rencontrions, c'est que tel était notre destin. J'ai vécu une tragédie, mais le résultat, c'est nous deux. Donc, je peux laisser mon passé derrière moi.

Brianna laissa l'espoir et le bonheur l'inonder. Elle offrit un sourire radieux à Riyaz.

— Je comprends. Moi, je pensais que je voulais être normale alors que je voulais juste être aimée. Et aimer en retour. Et c'est le cas.

— Je t'aime, Brianna.

Ils échangèrent un long baiser timide, comme si c'était le premier, comme s'ils craignaient de se réveiller d'un rêve merveilleux.

Puis un lent sourire éclaira l'expression habituellement sombre de Riyaz.

— Allons faire du tourisme ! lança-t-il gaiement.

Il lui prit la main, comme s'il était son petit ami et qu'ils s'apprêtaient à se balader ensemble, comme s'ils étaient un couple *normal* et non le cheikh et la future cheikha du royaume de Nazul.

Ils étaient eux-mêmes. Unis, libres et amoureux.

Épilogue

Leur incroyable histoire d'amour en forme de conte de fées et leur fastueux mariage faisaient couler beaucoup d'encre dans le monde entier. Brianna n'aurait jamais imaginé qu'un tel bonheur, aussi pur, aussi intense, était possible.

— Où veux-tu aller en lune de miel ? lui demanda Riyaz le soir de leur nuit de noces.

Elle sourit. Elle avait créé une sorte de monstre : Riyaz adorait voyager, faire des randonnées, voir le monde et vérifier s'il ressemblait à ce qu'il en avait lu en prison. Il était incroyable, époustouflant et toujours aussi attentif à ses désirs. Elle avait désormais compris qu'avec lui, elle allait vivre plusieurs vies. Parce qu'ils vivaient tous les deux leurs rêves l'un avec l'autre.

Elle l'aimait tant qu'elle s'étonnait que son cœur n'explose pas à chaque battement.

— Où tu veux, répondit-elle. Mais ne tardons pas trop à partir, parce que...

— Parce que quoi ? la coupa-t-il, l'air inquiet.

— Il n'est pas très recommandé de prendre l'avion après un certain nombre de mois de grossesse.

Riyaz bondit hors du lit.

— Vraiment ? s'écria-t-il, des étoiles dans les yeux.

— Oui.

Il s'agenouilla et posa la main sur son ventre encore plat. Il leva vers elle un regard empli d'émotion.

— Ma reine, il y a eu une période de ma vie où je n'avais rien d'autre que des ténèbres. Rien d'autre que le désespoir. Entre les murs d'un cachot. Et tu m'as donné le monde. Tu as fait de moi un cheikh, un homme, un mari. Et maintenant, tu fais de moi un père. Et moi, que t'ai-je donné ?

Elle se pencha et l'embrassa tendrement.

— Tout ce que j'ai toujours voulu, mon amour.

Vous avez aimé ce roman ?
Retrouvez en numérique
l'histoire de Cairo, le frère de votre héros,
dans *Promise à un cheikh du désert* de Maisey Yates.